聖賢之道

湯一介

戊子年夏

紫陽學脈

陳來題

乙未年盛夏

陳來

新编国学基本教材

李耐儒◎主编

楚辞选读

施仲贞 张 琰◎编注

上海财经大学出版社

图书在版编目(CIP)数据

楚辞选读/施仲贞,张琰编注．—上海:上海财经大学出版社,2018.9
(新编国学基本教材)
ISBN 978-7-5642-3000-5/F・3000

Ⅰ.①楚… Ⅱ.①施…②张… Ⅲ.①古典诗歌-诗集-中国-战国时代
Ⅳ.①I222.3

中国版本图书馆CIP数据核字(2018)第090951号

□ 项目统筹　台啸天
□ 责任编辑　胡　芸
□ 书籍设计　张启帆

楚辞选读

施仲贞　张　琰　编注

上海财经大学出版社出版发行
(上海市中山北一路369号　邮编200083)
网　　址:http://www.sufep.com
电子邮箱:webmaster @ sufep.com
全国新华书店经销
上海雅昌艺术印刷有限公司印刷装订
2018年9月第1版　2018年9月第1次印刷

890mm×1240mm　1/32　8.125印张(插页:4)　182千字
印数:0 001—3 000　定价:30.00元

总 序

秋霞圃书院创办有年，在民间推动国学普及工作，志在以独立之精神、自由之思想为宗旨，促进古今中外文化思想与学术的交流，为中华民族文化的复兴而尽心尽力。其志可嘉，其行可感！

近年，秋霞圃书院耐儒兄主持编撰“新编国学基本教材”。本套国学教材集复旦大学、武汉大学、南开大学、中山大学、华东师范大学、上海师范大学等名牌院校的二十多名青年学人，采各种版本的国学读本之长，广泛吸取中小学一线语文教师的教学经验，精心编撰，是中小学生比较理想的国学读本，也是便于教师们使用的、较为系统的国学教材。

读本的篇目有：《弟子规》《三字经》《千字文》《千家诗选读》《幼学琼林》《诗词格律》《唐诗选读》《宋词选读》《论语（上）》《论语（下）》《史记选读（上）》《史记选读（下）》《大学 中庸》《诗经选读》《孟子（上）》《孟子（下）》《左传选读（上）》《左传选读（下）》《颜氏家训选读》《老子 庄子选读》《墨子 荀子 韩非子选读》《汉魏六朝诗文选》《唐宋文选》《礼记选读》《楚辞选读》《声律启蒙》《笠翁对韵》。每册有指导性概述，有经典原文，有对原文的注释与译文（赏析），并配上文史链接（延伸阅读）、思考讨论等，图文并茂，准确生动，具有可读性与系统性。

梁启超先生说过,《论语》《孟子》等经典“是两千年国人思想的总源泉,支配着中国人的内外生活,其中有益身心的圣哲格言,一部分久已在我们全社会形成共同意识,我们既做这社会的一分子,总要彻底了解它,才不致和共同意识生隔阂”。这就是说,“四书”等经典表达了以“仁爱”为中心的“仁、义、礼、智、信”等中华民族的核心价值观念,这是中国古代老百姓的日用常行之道,人们就是按此信念而生活的。

中国文化的大传统与小传统是打通了的。国学具有平民化与草根性的特点。中国民间流传着的谚语是:“勿以善小而不为,勿以恶小而为之”;“老吾老以及人之老,幼吾幼以及人之幼”;“积善之家,必有余庆;积不善之家,必有余殃”。这些来自中国经典的精神,透过《弟子规》《三字经》《百家姓》《千字文》《千家诗》等蒙学读物及家训、族规、乡约、谱牒、善书,通过大众口耳相传的韵语故事、俚曲戏文、常言俗话,成为“百姓日用而不知”的言行规范。

南宋以后在我国与东亚的民间社会流传甚广、深入人心的朱熹《家训》说:“事师长贵乎礼也,交朋友贵乎信也。见老者,敬之;见幼者,爱之。有德者,年虽下于我,我必尊之;不肖者,年虽高于我,我必远之。”“人有小过,含容而忍之;人有大过,以理而谕之。勿以善小而不为,勿以恶小而为之。”又说:“勿损人而利己,勿妒贤而嫉能。勿称忿而报横逆,勿非礼而害物命。见不义之财勿取,遇合理之事则从……子孙不可不教,童仆不可不恤。斯文不可不敬,患难不可不扶。”朱子说此乃日用常行之道,人不可一日无也。应当说,这些内容来源于诗书礼乐之教、孔孟之道,又十分贴近大众。它内蕴着个人与社会的道德,长期以来成为老百姓的生活哲学。

王应麟的《三字经》开宗明义："人之初，性本善。性相近，习相远。苟不教，性乃迁。教之道，贵以专。"这就把孔子、孟子、荀子关于人性的看法以简化的方式表达了出来。儒家强调性善，又强调人性的养育与训练。

清代李毓秀的《弟子规》总序说："弟子规，圣人训。首孝悌，次谨信。泛爱众，而亲仁，有余力，则学文。"以下分成"入则孝""出则悌""谨而信""泛爱众而亲仁"等几部分。这些纲目都来自《论语》。《弟子规》中对孩童举止方面的一些要求，如站立时昂首挺胸、双腿站直，见到长辈主动行礼问好，开门关门轻手轻脚，不用力甩门等，这些规范都是文明人起码应有的，是尊重他人而又自尊的体现。又如："晨必盥，兼漱口，便溺回，辄净手。冠必正，纽必结，袜与履，俱紧切。""斗闹场，绝勿近，邪僻事，绝勿问。将入门，问孰存，将上堂，声必扬。""用人物，须明求，倘不问，即为偷。借人物，及时还，后有急，借不难。"这都是有助于文明社会的建构的，是文明人的生活习惯，也是今天社会公德的基础。

朱柏庐在《朱子治家格言》起首的一段说："黎明即起，洒扫庭除，要内外整洁；既昏便息，关锁门户，必亲自检点。一粥一饭，当思来处不易；半丝半缕，恒念物力维艰。"这些都是平实不过的道理，体现到一个人身上就是他的家教。旧时骂人，说某某没有家教，那是很重的话，让其全家蒙羞。我们不是要让青少年一定要做多少家务，而是要他们从小学就动手打理好自己与家庭的事情，不要过分依赖父母、依赖他人，能够自己挺立起来，培养责任意识。同时，让他们知道一粥一饭、半丝半缕都是辛劳所得，我们要懂得去尊重家长与别人的劳动。如果我们真的有敬畏之心，就知道珍惜，不应该浪费。

南开中学的前身天津私立中学堂成立于 1904 年 10 月，老校长严范孙亲笔写下“容止格言”：“面必净，发必理，衣必整，纽必结。头容正，肩容平，胸容宽，背容直。气象：勿傲，勿暴，勿怠。颜色：宜和，宜静，宜庄。”这四十字箴言来自蒙学，又是该校对学生容貌、行止的基本要求。校内设整容镜，师生进校时都要照镜正容色。后来张伯苓先生治校，坚持了这些做法。

蔡元培先生在留德期间撰写了《中学修身教科书》，该书被商务印书馆于 1912 年至 1921 年间共印行了十六版，他还为赴法华工写了《华工学校讲义》，两书影响甚大，今人将其合为《国民修养二种》一书。蔡先生在民国初年为中学生与赴法劳工写教科书，重视社会基层的公民教育。蔡先生的用心颇值得我们重视，他从孝敬父母谈起，创造性地转化本土的文化资源，特别是以儒家道德资源来为近代转型的中国社会的公德建设与公民教育服务。

现今南京夫子庙小学的校训是“亲仁、尚礼、志学、善艺”。我认为这是非常好的。对孩童、少年的教育，首先是培养健康的心性才情，从日常生活习惯，从待人接物开始，学会自重与尊重别人。

我们今天强调成人教育，因为仅有成才教育是不够的，成才教育忽略了我们作为完整的人、健康的人所必需的一些素养，它在人格养成方面几乎是空白的。这不是大学教育才有的问题，而是幼儿园、中小学教育就该关注的。培养青少年的性情，需要家庭、学校、社会的配合。

国学当中有很多修身成德、培养君子人格的内容。中国古典的教育，其实就是博雅教育。传统的教育并不是道德说教，也不是填鸭式满堂灌的教育，而是春风化雨似的，让学生在点滴中有所收获并自己体验，如诗教、礼教、乐教等。

我觉得应该让孩子们处在良好的文化氛围中。家长、老师们要以身作则、言传身教，这对孩子们影响很大。家长、老师们有义务端正自己的言行，尤其在孩子们面前。要培养孩子分辨是非的能力，多在性情教育上下功夫，关注孩子的心理健康，多与孩子交流，洞察他们的情感，并做正确的引导。现在一些家长做不到以身作则，他们撒谎骗人，打骂斗狠，不尊重老人，这些都会给孩子的成长烙下负面的印记。

我们也希望同学们能趁着年轻记性好，多读些经典，最好能背诵一些，其中的意思以后可以慢慢领悟。南宋思想家陈亮说过："童子以记诵为能，少壮以学识为本，老成以德业为重……故君子之道不以其所已能者为足，而尝以其未能者为歉，一日课一日之功，月异而岁不同，孜孜矻矻，死而后已。"

本丛书所收经典与蒙学读物中有很多圣哲格言，都足以让我们受用终身。我们一直希望能有多一些的国学经典进入中小学课堂，至少让"四书"进入教材。我们希望能多一些国文课，让中小学生能接受到系统的传统语言与文化教育。中华民族有很多优根性，更需大大弘扬。

是为序。

郭齐勇

癸巳春于珞珈山

弟子训

一、怀真善之本，爱父母、爱师友、爱国家、爱民族、爱人类、爱地球上的万物。珍惜生命、健康、亲情和时间。

二、每日诵读经典十分钟，每周必有一日研习国学，以此成为生活的习惯。

三、学以致用，知行合一，以磨炼来坚定自己的意志，以反省来修养自己的性情。意志与性情将会决定自己将来的学业与事业之一切。

四、追求广博的智识，对中外文化有了解，对社会事业有贡献。

五、经常锻炼身体，培养劳作的兴趣和艺术的修养。

六、学会谦让，经常说“您好”“对不起”“谢谢”，是我们最基本的教养。

七、生活衣食器用当俭朴，不攀比、不崇侈；给需要帮助的人提供力所能及的帮助。

八、学会自己的事情自己做；允诺的事情，要尽力做到。

九、逐渐养成独立的人格，思想不盲从；如果内心有信仰，要坚卓而恒久。

十、任何时候都充满自信，在力行中实现自己追求的美好理想。

目　录

概　述

梁启超《要籍解题及其读法》:“吾以为凡为中国人者,须获有欣赏楚辞之能力,乃为不虚生此国。”周建忠《当代楚辞研究论纲》:“楚辞的世界,博大精深;楚辞的世界,色彩斑斓;楚辞的世界,令人神往。”楚辞是中华文学的杰出代表,我们炎黄子孙理应自觉地去学习楚辞、欣赏楚辞、研究楚辞。

楚辞,是战国时期出现在楚国地区的一种新兴文体。作为一种新兴文体,楚辞虽受到《诗经》的影响,但主要还是屈原以其杰出的艺术才能和悲壮的政治理想写出的光辉灿烂的作品,奠定了楚辞的典型形式。概括起来,楚辞主要有如下几大特征:

一是语气词“兮”。《诗经》中虽有“兮”字,但不如楚辞中运用得普遍和有规律。“兮”字或是在上下两句的上句之末,如“帝高阳之苗裔兮,朕皇考曰伯庸”(《离骚》);或是在上下两句的下句之末,如“独立不迁,岂不可喜兮”(《橘颂》);或是在上下两句的各句之中,如“君不行兮夷犹,蹇谁留兮中洲”(《湘君》)。

二是六言、五言句式。《诗经》基本上是四言句式,而《楚辞》除了四言句式外,主要采用六言或五言句式(不算语气词“兮”字)。六言句式如“路曼曼其修远兮,吾将上下而求索”(《离骚》),五言句式如“子交手兮东行,送美人兮南浦”(《河伯》)。

三是地方色彩。与《诗经》相比，楚辞具有鲜明的楚地色彩。黄伯思《校定楚辞序》："盖屈宋诸骚，皆书楚语、作楚声、纪楚地、名楚物，故可谓之楚辞。若些、只、羌、谇、蹇、纷、侘傺者，楚语也；顿挫悲壮，或韵或否者，楚声也；沅、湘、江、澧、修门、夏首者，楚地也。兰、茝、荃、药、蕙、若、蘋、蘅者，楚物也。率若此，故以'楚'名之。"

作为楚辞的创始者和代表者，屈原创作了杰出的文学作品，又拥有伟大高尚的人格。屈原，名平，字原，战国时楚国人。司马迁在《史记·屈原贾生列传》中说他是楚王室的同姓。屈原在《离骚》中也说自己是古帝高阳颛顼（相传颛顼是楚王的远祖）的后裔。屈原虽出身贵族，但已经没落，《九章·惜诵》中就说："思君莫我忠兮，忽忘身之贱贫。"在《离骚》中，他也一再把自己比作傅说、吕望、甯戚、伊尹等出身卑贱的贤臣，就十分符合他那时的身份。

屈原主要生活在楚怀王、楚襄王两个时期。楚怀王执政时期，楚国已经积弱不振太久，虽仍为大国，但已是"金玉其外，败絮其中"，整个国家处于风雨飘摇之中。之所以会出现这种局面，一方面是来自秦国侵略的外患，另一方面是来自昏君佞臣的内忧。对于楚国深陷内忧外患的双重困境，屈原比任何人都要清楚，尤其是他那深厚的宗族观念，更使他萌生了强烈的从政愿望，希望自己做个振兴楚国、名垂青史的中兴重臣。起初，他深得楚怀王的信任，参与朝廷重大事件的决策，培养人才，发布号令，并负责外交事务，接待宾客，应对诸侯。然而，好景不长，春风得意的屈原很快因才能高、权力大而引起同朝党人的嫉妒。随后，他们在楚怀王面前进谗言，到处网罗屈原莫须有的罪名，使屈原逐步失去楚怀王的信任而被疏离。

楚怀王三十年(公元前 357 年),秦昭王提出与楚通婚,并邀请楚怀王赴秦见面。屈原劝楚怀王不要到秦国去,但楚怀王的幼子子兰却力劝楚怀王入秦。结果,楚怀王一入秦就被扣留,被勒令割地。后来,楚怀王乘机逃到赵国,但没被赵国接纳,最终只能身死于秦而归葬于楚。楚怀王长子楚襄王继位后,子兰做了令尹。由于子兰等奸佞小人嫉妒屈原,故在楚襄王面前一再谣诼诬陷屈原。于是,昏庸无能的楚襄王将屈原流放到楚国的江南地区长达十余年。最后,屈原眼看楚国日益式微,国土沦陷,内心极度悲愤绝望,自投汨罗江而死。《孟子》:“生,亦我所欲也;义,亦我所欲也。二者不可得兼,舍生而取义者也。”屈原之死,其在此乎!屈原虽死,然其存君兴国之心犹存,其独立不迁之志犹在。

据班固《汉书·艺文志》记载,屈原的作品有二十五篇。今流传于世署名屈原的作品,大体与此相当。尽管学术界对部分作品的真伪还存在争议,但我们认为《离骚》、《九歌》(十一篇)、《天问》、《招魂》,以及《九章》(九篇),都应当属于屈原作品。

屈原逝世后,楚国有宋玉、唐勒、景差等,“皆好辞而以赋见称”(司马迁,《史记·屈原贾生列传》)。唐勒的作品,没有流传下来。《楚辞》中的《大招》,王逸既说是屈原所作,又说是景差所作,但苦无其他证据,无从断定。可以确定的是,《楚辞》中的《九辩》乃宋玉所作。宋玉是战国时期楚国人,他生于屈原之后,主要生活在楚襄王时期。据班固《汉书·艺文志》记载,宋玉的作品有十六篇。今流传于世署名宋玉的作品,除了《九辩》以外,还有《高唐赋》《神女赋》《风赋》《登徒子好色赋》等。尽管宋玉难以与屈原相媲美,但他仍然是一位具有杰出才能的文学家,并深刻影响着两汉赋体文学的创作。

本书选文,既注重作品的艺术成就,又注重作品的思想内容。所选的作品,包括屈原的《离骚》,《九歌》(选取《湘君》《湘夫人》《少司命》《河伯》《山鬼》《国殇》六篇),《天问》,《九章》(选取《涉江》《哀郢》《抽思》《惜往日》《橘颂》五篇),《招魂》,以及宋玉的《九辩》。

《离骚》是屈原的代表作,是文坛的精英。可以说,屈原的伟大,使《离骚》成为经典之作;《离骚》的经典,反过来又使屈原成为不朽之人。在《离骚》中,屈原一再强调自己没有知音,当时楚国政治极为黑暗,那些奸佞小人嫉妒他的才能,并在楚怀王面前不断造谣诬陷他,致使他的美政理想化为泡影。最终,他在不愿离开楚国的情况下,打算投河自杀。

《湘君》以湘夫人为第一人称。湘夫人是女神。全篇由女巫扮湘夫人独唱,表达了湘夫人因湘君未能如约前来而产生的失望、怀疑、哀伤、埋怨的感情。

《湘夫人》以湘君为第一人称。湘君是男神。全篇由男觋扮湘君独唱,表达了湘君因未能与湘夫人相见而产生的失望、幻想和绝望的感情。

《少司命》是祭祀主子嗣之神的乐歌。少司命是女神,即民间所谓的“送子娘娘”。全篇由男觋扮祭祀者独唱,由女巫扮少司命登场,抒写了对少司命的思念、追慕、赞颂之情。

《河伯》是祭祀黄河之神的乐歌。河伯是黄河之神。此篇由男觋扮河伯独唱,由女巫扮洛嫔登场,抒写了河伯与洛嫔的爱情故事。

《山鬼》以山鬼为第一人称。山鬼是巫山神女,是一位含情脉脉、笑容可掬、身材窈窕的美女。此篇由女巫扮山鬼独唱，表达了山鬼对意中人的思念和哀怨的感情。

《国殇》是祭祀为国牺牲的将士的乐歌。此篇由女巫扮祭祀者独唱，由男觋扮为国牺牲的将士登场，描写了一场敌众我寡、以失败告终的战争。这既是一篇悼亡歌，又是一篇颂赞歌。

《天问》是一篇体式独特、规模宏大的奇文。全篇以“曰”字开头，接连不断地提出一个又一个问题。它是屈原关于天地山川、夏商周三代兴亡、楚国存废等事的总疑问。

《涉江》是楚襄王初年屈原被流放到楚国江南地区时所作，既是一篇纪行之作，也是一篇言志之作。

《哀郢》是屈原被楚襄王放逐江南九年时所作。全篇紧扣一个“哀”字，通过追忆当年离开郢都的情景，来抒发自己思乡恋国之情。

《抽思》是屈原被楚怀王流放、已经抵达汉北时所作。尽管篇中有自救自辩的哀情，但更多的是对国家的忧心、对君王的苦谏。

《惜往日》是屈原临渊自沉汨罗江前所作。此篇痛惜自己往日曾深得楚怀王的信任，而今却遭到楚襄王的鄙弃、放逐的悲苦心境，并道出自己的法治思想。

《橘颂》是屈原早年遭受谗言时所作。在屈原笔下，橘既有外在美又有内在美。显然，屈原是借赞美橘的秉质来寄托自己的情志，既是咏物之作，也是言志之作。

《招魂》是屈原为召唤楚怀王的亡魂而作。招魂是一种带有原始宗教性的习俗。楚怀王被骗入秦国而死，后归丧于楚国，故屈原按照民间习俗为他招魂。篇中借巫阳的口吻，先“外陈四方之恶”，恐吓楚怀王的亡魂不可留在外边，后“内崇楚国之美”，劝诱楚怀王的亡魂尽快归返故国。

《九辩》乃宋玉借古代乐曲名为题，模拟屈原作品自创新制而成。此篇主要通过秋色、秋物、秋声的描写，来抒发自己忠贞而被疑、怀才而不遇的悲愤和愁思的感情，使萧条的秋天与哀怨的身世、衰败的社会互相衬托而融为一体，真正开启了后世“悲秋文学”的传统。

本书兼取古今学者的研究成果，但受到体例及篇幅的限制，没有在文内逐一注出参考文献。

第一章 离骚

帝高阳之苗裔兮[1],朕皇考曰伯庸[2]。摄提贞于孟陬兮[3],惟庚寅吾以降[4]。皇览揆余初度兮[5],肇锡余以嘉名[6]。名余曰正则兮[7],字余曰灵均[8]。

注释

[1]高阳:古帝颛顼(zhuān xū)的称号。苗裔(yì):久远的后代子孙。相传颛顼是楚国王室的远祖。兮:语助词,相当于现代的“啊”或“呀”。　[2]朕:我。先秦时一般人通用,秦始皇时才规定为帝王专用。皇考:对已故父亲的美称。皇:光大美好。伯庸:屈原父亲的表字,但可能是用在作品中的化名。　[3]摄提:“摄提格”的简称,寅年的别号。贞:正,正当。孟陬(zōu):夏历正月的别名。夏历正月是寅月。　[4]惟:发语词。庚寅:庚寅日。降:降生。　[5]皇:即上文的“皇考”。览揆(kuí):审度。初度:初生的气度。　[6]肇(zhào):通“兆”,卜兆。锡:通“赐”,赐予。嘉名:美好的名字。嘉:美。　[7]名:起本名。正

则:屈原名平,正则意为公正的法则,即“平”,所以这可能是用在作品中的化名。 [8]字:取表字。灵均:屈原字原,灵均可引申为高平,高平曰原,所以这可能是用在作品中的化名。

译文

我是古帝颛顼的子孙啊,我那已故父亲叫做伯庸。正当寅年的寅月啊,庚寅日那天我降生。先父审度我初生时的气度啊,根据卜兆赐给我美好的名字。给我起本名叫做正则啊,又给我取表字叫做灵均。

纷吾既有此内美兮[1]，又重之以修能[2]。扈江离与辟芷兮[3]，纫秋兰以为佩[4]。汩余若将不及兮[5]，恐年岁之不吾与[6]。朝搴阰之木兰兮[7]，夕揽洲之宿莽[8]。日月忽其不淹兮[9]，春与秋其

代序[10]。惟草木之零落兮[11],恐美人之迟暮[12]。不抚壮而弃秽兮[13],何不改乎此度[14]?乘骐骥以驰骋兮[15],来吾道夫先路[16]!

注释

[1]纷:众多的样子。内美:内在的美好品质。承上"帝高阳"八句,言其先天的禀赋。　[2]重(chóng):加上。修能:美好的仪态。启下"扈江"六句,言其后天的修行。修:美。能:通"态",仪态。　[3]扈(hù):披,带。江离:香草名,又名芎藭(xiōng qióng)。芷(zhǐ):香草名,即白芷。　[4]纫:用绳索连缀。秋兰:泽兰,香草名,又名兰草,因其在秋天开花,故称秋兰。[5]汩(yù):水流迅疾的样子,此处喻指时间过得很快。不及:赶不上。　[6]不吾与:"不与吾"的倒装,不等待我。与:等待。[7]搴(qiān):摘取。阰(pí):大的山坡。木兰:香木名,又名杜兰。[8]揽:采摘。洲:水中的陆地。宿莽:香草名,又名芒草。[9]淹:停留。　[10]代:更替,轮流。　[11]惟:思,考虑。[12]美人:此处喻指贤能之人,包括明君和贤臣。迟暮:晚暮,此处喻指年老。　[13]抚:凭借,趁着。壮:壮盛之年。秽:脏东西,此处喻指污秽的品行。　[14]此度:这种态度,承上文的"不抚壮而弃秽"句而言。　[15]骐骥:骏马,此处用以表示自己珍惜时间,驾驭骏马急于先导。　[16]来吾:"吾来"的倒装。来:助动词。道:通"导"。夫:语助词。先路:前面的道路。

译文

我已有此等内在的美好品质啊，又不断加上外在的美好仪态。披戴着江离和生于幽僻处的白芷啊，又用绳索连缀秋兰做成佩戴的饰物。迅疾如水流般的光阴我好像追赶不上啊，心中所担忧的是时光不能等待我而流逝。我早上摘取大山坡上的木兰啊，晚上又采摘水中陆地上的宿莽。时间匆匆过去而不停留啊，春天与秋天不断更替次序。一想起那些花草树木的凋零飘落啊，就担心那些贤能美好的人走向暮年。你们不趁着壮年而抛弃恶行啊，为什么不改变这种错误的态度？我驾驭着骏马向前奔驰啊，来为你们导引前面的道路！

文史链接

《离骚》的题意是什么，历来众说纷纭。班固《离骚赞序》："离，犹遭也。骚，忧也。明己遭忧作辞也。"此说训"离"释为"遭"，"离骚"即"遭遇忧愁"，深得屈原命篇之秘。

此节，叙其降生，"惟庚寅吾以降"；叙其名字懿美、内外兼修，"纷吾既有此内美兮，又重之以修能"；叙其许志报国，"来吾道夫先路"。

关于屈原的生卒年，没有明确的史料记载。此节所谓"摄提贞于孟陬兮，惟庚寅吾以降"，是现存唯一可据以考证屈原出生年月的材料。"摄提"是"摄提格"的简称，是太岁在寅的年名。那么，这到底是哪一年？对此，学术界有不同看法。1978 年，胡念贻在《文史》第五辑上发表《屈原生年新考》。他运用岁星纪年法，以汉武帝太初元年(公元前104年)太岁在寅为基点往前推算,得出屈原的生年为楚宣王十七年(公元前353年),而此年的农历正月二十三日正是寅月寅日。

可见,屈原出生在寅年寅月寅日。三寅在天,这在古代无疑是个大吉大利的好日子。古人认为生逢大吉,预示着此人必是不同寻常,将有美好的前途和伟大的作为。但是,屈原最终还是在农历五月初五自投汨罗江而死。其实在古代,农历五月是个“恶月”,五月初五更是极端不祥的“恶日”。屈原降生在最美好的日子,却选择在最险恶的日子自杀,是因为理想破灭、报国无门,希望以自己的死来引起人们的关注。

思考讨论

1. 屈原为什么一开始就强调自己出生在寅年寅月寅日?

2. 此节中的“美人”一词,有人认为指屈原,也有人认为指屈原寻求的对象,还有人认为兼指屈原和屈原寻求的对象。对此,你有什么看法?

昔三后之纯粹兮[1],固众芳之所在[2]。杂申椒与菌桂兮[3],岂维纫夫蕙茝[4]?彼尧舜之耿介兮[5],既遵道而得路[6]。何桀纣之猖披兮[7],夫唯捷径以窘步[8]!

注释

[1]三后:远古三皇。联系其下“彼尧舜之耿介兮,既遵道而得路”二句,从其中“既”的关联词可推知,尧舜所遵之道正是三后之道,故“三后”不可能晚于“尧舜”。后:君王。纯粹:精而不杂,此处指德行纯正而完美。纯:丝无纇(lèi)。粹:米精。　[2]众芳:众多的香草香木,此处喻指群贤。　[3]杂:杂用。申椒:香木名,椒的一种,此处喻指贤臣。菌(jùn)桂:香木名,桂树的一种,此处喻指贤臣。　[4]维:通“唯”,只。蕙茝:此处喻指贤臣。蕙:香草名,又名薰草。茝(chǎi):香草名。　[5]尧舜:唐尧、虞舜,皆为古代明君。耿介:光明正大。　[6]遵道:遵循“三后”所行的正道。路:喻指治国的路径。　[7]桀纣:夏朝末代君王夏桀、商朝末代君王商纣,皆为古代暴君。猖披:穿衣不系带子的样子,此处喻指行为放肆、不检束。　[8]夫唯:楚方言,犹言“只以”“正因”。捷径:大道斜出的小路,此处喻指政治上的邪道。窘步:使脚步困迫,举步维艰。

译文

从前远古三皇的德行纯正而完美啊,实在是群贤聚集在身边辅佐的缘故。广泛任用申椒与菌桂一类的人才啊,他们哪里只选用蕙与茝一类的优秀人才?那唐尧和虞舜两位明君是何等的光明正大啊,他们遵循远古三皇的正道而找到治国的路径。夏桀和商纣两位昏君的行为为何那样放荡不羁啊,只因为他们爱走政治上的邪道而使自己举步维艰!

惟夫党人之偷乐兮[1],路幽昧以险隘[2]。岂余身之惮殃兮[3],恐皇舆之败绩[4]!忽奔走以先后兮[5],及前王之踵武[6]。荃不察余之中情兮[7],反信谗而齌怒[8]。余固知謇謇之为患兮[9],忍而不能舍也[10]。指九天以为正兮[11],夫唯灵修之故也[12]。曰黄昏以为期兮[13],羌中道而改路[14]。初既与余成言兮[15],后悔遁而有他[16]。余既不难夫离别兮[17],伤灵修之数化[18]。

注释

[1]惟:发语词。夫:代词,彼,那。党人:结党营私的群小。偷:苟且。　[2]幽昧:昏暗。险隘:危险狭窄。　[3]惮(dàn):害怕。　[4]皇舆:君王的坐驾,此处喻指国家。败绩:翻车,此处喻指国家的倾覆。　[5]先后:跑前跑后,犹言效力左右。　[6]及:赶上。踵(zhǒng)武:足迹。　[7]荃(quán):香草名,又名荪,此处喻指国君。中情:本心,真意。　[8]齌(jì)怒:盛怒。　[9]謇謇(jiǎn jiǎn):犯颜直谏的样子。为患:惹来杀身之祸。　[10]舍:放弃。　[11]九天:上天,传说天有九重。正:通"证",证明。　[12]灵修:时人彼此相谓之通称,言其内明慧而外秀美,此处喻指君王。　[13]期:约会,此处指约会的时间。　[14]羌(qiāng):楚方言,发语词。改路:改变路径,此处指改变主意。　[15]成言:定言,用言辞约定。

[16]他：别的主意。　　[17]难(nǎn)：通“戁”，惮，害怕。

[18]数(shuò)化：屡屡变化。

译文

那些结党营私的群小一味苟且贪图享乐啊，国家的兴盛路径变得黑暗无光又危险狭窄。哪里是害怕我的身体遭受灾殃啊，我心中所担忧的正是国家的倾覆！我急急忙忙奔走效力左右啊，希望能赶上前代明君的足迹。君王没有明察我内心的本意啊，反而偏信谗言而对我大发脾气。我本来就知道犯颜直谏会惹来杀身的祸患啊，但内心还是忍受住这种祸患而没能放弃劝谏。我指着上天为己作证啊，只因为效忠君王的缘故。说好黄昏作为约会的时间啊，君王却中途改变自己的主意。当初君王已与我订下口头誓言啊，后来竟然反悔逃避而有别的主意。我已不害怕被君王疏远而离去啊，心中所哀伤的正是他的变化无常。

余既滋兰之九畹兮[1]，又树蕙之百亩[2]。畦留夷与揭车兮[3]，杂杜衡与芳芷[4]。冀枝叶之峻茂兮[5]，愿竢时乎吾将刈[6]。虽萎绝其亦何伤兮[7]，哀众芳之芜秽[8]。

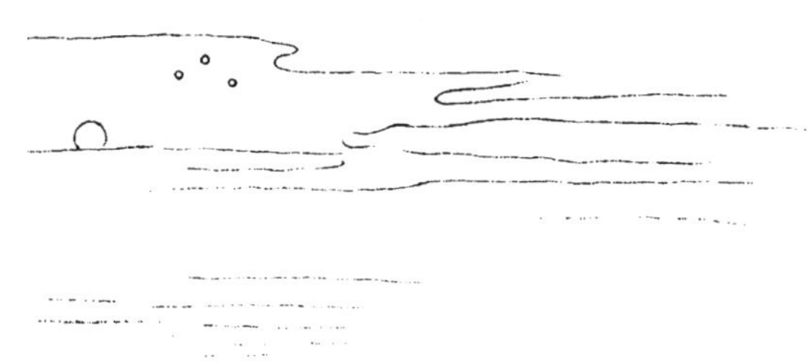

注释

[1]滋:栽培,此处喻指培养人才。九畹(wǎn):表示种植很多。畹:古代田地的计量单位。　[2]树:种植,此处喻指培养人才。百亩:表示种植很多。　[3]畦(qí):分垄栽种。留夷:香草名,又名芍药。揭车:香草名,黄叶白花。　[4]杂:间种。杜衡:香草名,又名杜葵,俗名马蹄香。芳芷:香草名,即白芷。

[5]峻茂:高大茂盛。 [6]竢(sì):通"俟",等待。刈(yì):收割。 [7]绝:零落,此处喻指培植的人遭受摧残。 [8]哀:悯惜。众芳:上述的六种芳草,此处喻指培养的各种人才。芜秽:荒芜污秽,此处喻指亲手培植的人才变节而与群小同流合污。

译文

我已栽培很多兰草一类的人才啊,并且还种植很多蕙草一类的人才。我一垄一垄地培植留夷与揭车一类的人才啊,其间又穿插栽培那些杜衡与芳芷一类的人才。我希望它们的枝叶高大茂盛啊,愿意等待合适的时候再去收割。纵使这众多芳草一样的人才遭受摧残又有什么值得悲伤啊,真正让我感到哀痛的是他们竟中途变节而与群小同流合污。

众皆竞进以贪婪兮[1],凭不厌乎求索[2]。羌内恕己以量人兮[3],各兴心而嫉妒[4]。忽驰骛以追逐兮[5],非余心之所急。老冉冉其将至兮[6],恐修名之不立[7]。朝饮木兰之坠露兮,夕餐秋菊之落英[8]。苟余情其信姱以练要兮[9],长顑颔亦何伤[10]?掔木根以结茝兮[11],贯薜荔之落蕊[12]。矫菌桂以纫蕙兮[13],索胡绳之纚纚[14]。謇吾法夫前修兮[15],非世俗之所服[16]。虽不周于今之人兮[17],愿依彭咸之遗则[18]。

注释

[1]竞进:竞相追求权势。贪婪:贪图财物。婪:贪。 [2]凭:楚方言,满。厌:满足。求索:追求权势,索取财物。承上文的"竞进"与"贪婪"而言。 [3]恕己:宽恕自己。量人:量度他人。 [4]兴心:兴起坏心。 [5]驰骛(wù):狂奔乱跑。 [6]冉冉:渐渐。 [7]修名:美好的名声。 [8]落英:飘落的花朵。 [9]苟:只要。信姱(kuā):确实美好。练要:精纯专一。 [10]颇颔(kǎn hàn):因吃不饱而面色枯黄。 [11]擥:通"揽",采掘。木根:泛言香木之根。 [12]贯:串联。薜(bì)荔:香草名,又名木馒头,一种蔓生植物。 [13]矫:举。 [14]索:搓绳。胡绳:香草名,一种蔓生植物。纚纚(xǐ xǐ):绳子又长又美的样子。 [15]謇:楚方言,发语词。法:效法。前修:前代贤人。 [16]服:实行,服行。 [17]周:合。 [18]彭咸:传说为殷代贤臣,因国君不听劝谏而投河自杀。遗则:遗留的法则。此处屈原借彭咸因坚持操守而不容于世,走向死亡,来表明自己宁愿选择死亡,也绝不苟且偷生。

译文

众人竞相地追求权势和贪图财物啊,虽已盈满但还不满足地去求索不已。他们内心宽恕自己而揣度他人,于是纷纷心生恶念而妒忌贤人。他们迅速狂奔乱跑而追权逐利啊,这不是我内心所急于求得的东西。衰迈无力的老年将会渐渐地来临啊,让我担心的是不能建立自己的美名。我早上啜饮着从木兰上坠落的露水啊，傍晚品尝着从秋菊上飘落下来的花朵。只要我内心的情志确实美好而精纯专一啊，即使我长久因吃不饱而面色枯黄又有何妨？我采掘香木的根来将白芷系上啊，又串联上从薜荔上掉下来的花心。我拿起菌桂将那蕙草连缀上啊，还把胡绳搓成又长又美的绳带。我只不过是效法前代贤人啊，但这不是社会习俗所实行的。我的行为即使不合于现世人们的所感所知啊，我也愿意依从彭咸遗留的法则而去践行。

长太息以掩涕兮[1]，哀民生之多艰[2]。余虽好修姱以鞿羁兮[3]，謇朝谇而夕替[4]。既替余以蕙纕兮[5]，又申之以揽茝[6]。亦余心之所善兮[7]，虽九死其犹未悔[8]。

注释

[1]太息：叹息。掩涕：掩面拭泪。涕：眼泪。　[2]民生：人生。民：人。　[3]好(hào)：喜爱。修姱(kuā)：美好。鞿(jī)羁：系马的两种工具。鞿：马缰绳。羁：马笼头，此处喻指自我约束。　[4]谇(suì)：谏诤。替：废弃。　[5]以：因为。纕(xiāng)：佩带。　[6]申：加上。之：即上句的“替余”。[7]善：美善。　[8]九死：表示死亡多次。犹未：尚未。

译文

我长久叹息而又掩面擦拭眼泪啊，心中所哀痛的正是人生多么艰难。即使我喜爱美好的德行并且约束自己啊，也还是早上直言劝谏而晚上被君王废弃。既因为我用蕙草做佩带而废弃我啊，又因为我采掘白芷来编织而废弃我。只要我内心认定是美善的啊，即使多死几次也绝不会后悔。

怨灵修之浩荡兮[1]，终不察夫民心[2]。众女嫉余之蛾眉兮[3]，谣诼谓余以善淫[4]。固时俗之工巧兮[5]，偭规矩而改错[6]。背绳墨以追曲兮[7]，竞周容以为度[8]。忳郁邑余侘傺兮[9]，吾独穷困乎此时也[10]。宁溘死以流亡兮[11]，余不忍为此态也[12]！

注释

[1]浩荡:水面的浩淼无边,此处喻指国君的糊涂昏聩。[2]民心:人心,此处喻指屈原自己的内心。[3]众女:此处喻指好谗的小人。蛾眉:像蚕蛾触须般弯曲而细长的眉毛,此处喻指屈原自己美好的品行。[4]谣诼(zhuó):造谣诽谤。[5]时俗:时世习俗,社会习俗。工巧:善于投机取巧。[6]偭(miǎn):违背。规矩:工匠用的两种工具,此处喻指法度。规:画圆形的工具。矩:画方形的工具。错:通“措”,安置,设置,措施。[7]背:违背,背弃。绳墨:工匠用的两种工具,此处喻指法度。绳:引绳。墨:墨斗。追曲:追随邪曲。[8]竞:竞相。周容:苟合求容。度:常规。[9]忳(tún):忧愁,苦闷。郁邑:抑郁不舒。侘傺(chà chì):进退失据。[10]穷困:处境窘迫,此处喻指仕途失意。[11]溘(kè):奄忽,倏忽。流亡:灵魂四处游荡。[12]此态:此种姿态。承上文的“工巧”“偭规矩”“背绳墨”“竞周容”而言。

译文

我埋怨君王糊涂昏聩啊，始终不能明察我的内心。结党营私的群小嫉妒我的美好品行啊，就进行造谣诽谤说我善于干淫乱之事。社会习俗本来善于取巧啊，违背法度而随意改变措施。背弃法度而又追随邪曲啊，把竞相苟合求容作为法度。我异常忧愁郁闷而进退失据啊，竟独自在这个时世上仕途失意。宁愿奄忽死去而灵魂四处游荡啊，我也不愿意随俗做出这样的丑态！

鸷鸟之不群兮[1]，自前世而固然。何方圜之能周兮[2]，夫孰异道而相安[3]？屈心而抑志兮[4]，忍尤而攘诟[5]。伏清白以死直兮[6]，固前圣之所厚[7]。

注释

[1]鸷(zhì)鸟：鹰类猛禽。不群：不与凡鸟为群。　[2]圜：通“圆”。周：合。　[3]孰：哪里。异道：道不同，志不同。相安：相安无事。　[4]屈心：使我的心意委屈。抑志：使我的志向受压抑。　[5]尤：责骂，指责。攘：忍受，接受。诟：耻辱。　[6]伏：通“服”，服膺，保持。死直：为直道而死。　[7]厚：看重，赞许。

译文

鸷鸟不与凡鸟同群啊，自前世以来就是如此。方与圆怎么能叠合在一起啊，不同道的人哪里能平安相处？我委屈心意而压抑志向啊，忍受着责骂而忍受着耻辱。保持清白的心志为直道而死啊，这本来就是前代圣贤所赞许的。

悔相道之不察兮[1]，延伫乎吾将反[2]。回朕车以复路兮[3]，及行迷之未远[4]。步余马于兰皋兮[5]，驰椒丘且焉止息[6]。进不入以离尤兮[7]，退将复修吾初服[8]。制芰荷以为衣兮[9]，集芙蓉以为裳[10]。不吾知其亦已兮[11]，苟余情其信芳[12]。高余冠之岌岌兮[13]，长余佩之陆离[14]。芳与泽其杂糅兮[15]，唯昭质其犹未亏[16]。

注释

[1]相(xiàng)：观看。道：道路，此处喻指从政的道路。 [2]延伫：长久伫立。反：通“返”，返回，此处喻指退隐于野。 [3]回：掉转，折回。复路：复返旧路。 [4]及：趁着。行迷：走入迷途，此处喻指踏上从政的道路。 [5]兰皋：长有兰草的水边高地。 [6]椒丘：长有椒木的小丘。椒：香木名，木椒。且：姑且，暂且。焉：于此，在这里。止息：停息。 [7]进：仕进。不入：不被接纳。离：通“罹”，遭遇。 [8]退：退隐。初服：未入仕途时的服饰。下文八句所谓芰荷之衣、芙蓉之裳、岌岌之冠、陆离之佩，皆承“初服”二字而言。 [9]制：裁制。芰(jì)荷：荷叶。衣：上衣。 [10]集：聚集，会合。芙蓉：荷花。裳(cháng)：下装。 [11]不吾知：“不知吾”的倒装，不理解我。

已：止，罢了。 [12]苟：只要。信芳：确实芳香。 [13]高：使……增高。冠(guān)：古人的帽子。岌岌(jí jí)：高耸的样子。 [14]长：使……加长。佩：此处专指剑佩。陆离：修长而美好的样子。 [15]泽：污垢。杂糅：混合在一起。朱季海《楚辞解故》："即云'杂糅'，明是异类，芳、泽相反，犹玉、石殊科，'芳与泽其杂糅'，正谓'贤愚杂厕'，设喻同尔。首句称'唯昭质其犹未亏'，言虽贤愚杂厕，君子终不以小人损其明也。" [16]唯：只。昭质：光洁的本质。

译文

后悔当初观看从政之路而没有好好察看啊，如今我只好长久伫立而又将重新退隐于野。掉转我的车子回到往昔的道路啊，趁着走入从政的道路还不算太远。我骑着马徐行在长有兰草的水边高地上啊，又驰骋到长有椒木的小丘上而暂且在此停息。我仕进于朝不但未被接纳反而遭受指责啊，如今退隐于野将再修治我未入仕时的服饰。我裁剪荷叶制成上衣啊，又拼合荷花做成下装。即使没人理解我也就罢了啊，只要我内心的情志确实芳香。增高我的帽子使它巍然耸立啊，加长我的剑佩使它修长而美好。芳香与污垢纵然混合在一起啊，唯我那光洁的本质仍没有减损。

忽反顾以游目兮[1]，将往观乎四荒[2]。佩缤纷其繁饰兮[3]，芳菲菲其弥章[4]。民生各有所乐兮[5]，余独好修以为常[6]。虽体解吾犹未变兮[7]，岂余心之可惩[8]？

注释

[1]反顾:回头看。游目:纵目远眺。　[2]四荒:四方极远之地。　[3]缤纷:众多的样子。繁饰:装饰繁丽。　[4]菲菲:香气浓郁的样子。章:通“彰”,彰显。　[5]民生:人生,此处泛指每个人的人生。乐:爱好。　[6]好(hào)修:爱好修饰,此处喻指爱好修养美德。常:准则,本作“恒”,因汉代人避汉文帝刘恒的讳而改。　[7]体解:肢解,古代的一种酷刑。
[8]惩:受惩戒而改变。

译文

我忽然回过头来纵目远眺啊,将到四方极远的地方去观览。我的佩饰花样众多而色彩繁丽啊,它们的芳香十分浓郁而愈发明显。每个人都各有自己所爱好的东西啊,我却独独把爱好修养美德当作准则。即使把我肢解了我也不能改变啊,难道我的心志会因受惩戒而改变?

文史链接

此节重在抒写“不吾知”的主题。首先感叹楚国的君王不理解自己,信谗齌怒、朝谇夕替;接着悲伤自己培养的人才不理解自己,追从世俗、变质芜秽;最后痛恨朝廷的群臣不了解自己,嫉妒成风、排挤贤人。

司马迁在《史记·屈原贾生列传》中提到屈原“与楚同姓”，就是说屈原和楚王同姓。但是楚王姓熊，屈原姓屈，为何能说他们同姓呢？其实整个楚国的王族都姓芈(mǐ)，熊和屈是氏而非姓。屈氏的始祖，因封地在屈，便将屈作为自己这一支王族的姓氏。所以屈氏乃楚国公族之一，与楚国王室有着血脉联系。

正是这一宗族观念，使屈原萌生了强烈的从政愿望，希望自己做个振兴楚国、名垂青史的中兴之臣。屈原生来天资颖异，加上后天不断努力，成为那个时代“有异彩的一等明星”(郭沫若，《屈原研究》)。

起初，他深得楚怀王的信任，被任命为三闾大夫，主要负责教育王室贵族子弟。此节所谓“余既滋兰之九畹兮，又树蕙之百亩”等句，就是对自己那段时期培养人才工作的深情追忆。但此节所谓“虽萎绝其亦何伤兮，哀众芳之芜秽”等句，则说明他培养的许多人才最终没有坚守节操，反而腐化变质。后来，他升为左徒，参与朝廷重大事宜的决策，发布号令，并负责外交事务，接待宾客，应对诸侯。然而，屈原很快就因其才能高、权力大而引起同朝党人的嫉妒，他们不断在楚怀王面前诋毁他。久而久之，昏庸的楚怀王也就信以为真，最终将屈原流放汉北。此节所谓“初既与余成言兮，后悔遁而有他。余既不难夫离别兮，伤灵修之数化”，就是屈原对楚怀王听信谗言而放逐自己的指责。

思考讨论

1. 此节中的香花芳草有什么寓意？

2.此节中的哪些句子透露了屈原的隐逸思想？对此，你如何理解？

女媭之婵媛兮[1]，申申其詈予[2]。曰："鲧婞直以亡身兮[3]，终然殀乎羽之野[4]。汝何博謇而好修兮[5]，纷独有此姱节[6]。薋菉葹以盈室兮[7]，判独离而不服[8]。众不可户说兮[9]，孰云察余之中情[10]？世并举而好朋兮[11]，夫何茕独而不予听[12]？"

注释

[1]女媭(xū)：侍女，此处为屈原假设的亲近自己的妇人。婵媛(chán yuán)：楚方言，通"啴咺"，因愤怒或悲伤而喘息不止的样子。　[2]申申：反复地，再三地。詈(lì)：责备。　[3]鲧(gǔn)：通"鲧"，夏禹的父亲，神话中治理洪水的人物。关于鲧的传说很多，此处取鲧直谏而死的故事。《韩非子·外储说》："尧欲传天下于舜。鲧谏曰：'不祥哉！孰以天下而传之于匹夫乎？'尧不听，举兵而诛杀鲧于羽山之郊。" 婞(xìng)直：刚直。亡身：不顾自身的安危。亡：通"忘"。　[4]终然：终于，最终。殀(yāo)：死。羽之野：羽山的荒郊野外。　[5]博謇：处处直言。博：多方面，广阔。好(hào)修：爱好修饰，此处喻指爱好修养美德。[6]纷：众多的样子。姱(kuā)节：美好的节操。　[7]薋(zī)菉

(lù)葹(shī):三种恶草名,此处皆喻指丑恶的品行。薋:又名蒺藜。菉:又名王刍,俗名竹叶菜。葹:又名苍耳。盈室:充满房室。[8]判:区别,分离。独离:独自离弃。 [9]户说(shuì):挨家挨户地去说服。 [10]孰:谁。云:语助词,啊。余:余辈,我们。女媭为了表示跟屈原亲近,在劝说屈原时把自己和对方归为同类人。 [11]并举:互相抬举。朋:朋党,拉帮结派。 [12]茕(qióng)独:同义复词,孤零独特。不予听:“不听予”的倒装,不听从我的劝告。予:女媭自指。

译文

女媭怒得气喘吁吁啊,反反复复地责骂着我。说:“鲧太刚直而不顾自身的安危啊,最终被尧杀死在羽山的荒郊野外。你为何处处直言而又爱好修养美德啊,竟偏偏独自拥有如此众多美好的节操。薋、菉、葹三种恶草充满着房室啊,你却偏偏独自离弃它们而不肯佩戴。对众人不能挨家挨户地去说服啊,又有谁会详察咱们内心的情实?世人喜欢互相抬举而拉帮结派啊,你为何孤零独特而不听从我的劝告?”

依前圣以节中兮[1],喟凭心而历兹[2]。济沅湘以南征兮[3],就重华而陈词[4]:启《九辩》与《九歌》兮[5],夏康娱以自纵[6];不顾难以图后兮[7],五子用失乎家巷[8]。羿淫游以佚畋兮[9],又好射夫封狐[10];固乱流其鲜终兮[11],浞又贪夫厥家[12]。

浇身被服强圉兮[13]，纵欲而不忍[14]；日康娱而自忘兮[15]，厥首用夫颠陨[16]。夏桀之常违兮[17]，乃遂焉而逢殃[18]。后辛之菹醢兮[19]，殷宗用而不长[20]。

注释

[1]节中:折中,公正做人。　[2]喟:叹息。凭:楚方言,愤懑。历兹:经历此等困境。历:经历。兹:此。　[3]济:渡过。沅湘:沅水、湘水,主要流经湖南省境内。南征:向南方行进。
[4]就:趋向,走近。重(chóng)华:虞舜的名。陈词:陈述言辞。陈:陈列,陈述。　[5]启:夏启,夏禹的儿子,夏代帝王。九辩、九歌:古代两种乐曲名,传说它们是夏启从天帝那里偷来的。
[6]夏:与上句的"启"互文,夏启。康娱:寻欢作乐。康:乐。自纵:自我放纵。　[7]顾难(nàn):顾虑危难。图后:图谋后裔。
[8]五子:五观,又名武观,夏启的儿子。夏启沉溺于淫乐,五观趁机起来造反。用失乎:因此。失:疑为后人所误增,当删。家巷(hòng):家庭斗争,发生内乱。　[9]羿(yì):后羿,夏代部落有穷氏的君主。夏启的儿子太康当政时,后羿因夏乱而起兵夺取政权。淫游:过度游乐。淫:过分。佚畋(yì tián):纵情打猎。佚:放纵。畋:打猎。　[10]封:大。　[11]乱流:淫乱之徒。流:徒,辈。鲜(xiǎn)终:少有善终。鲜:少。　[12]浞(zhuó):寒浞,羿的臣子。因贪恋羿的妻子,勾结羿的弟子逢蒙把羿杀死。厥家:他的妻子。厥:其,此处指羿。家:家室,此处指羿的妻子。
[13]浇(ào):通"奡",寒浞与羿的妻子所生的儿子。被(pī)服:披服,此处指身上具有。被:通"披"。强圉(yǔ):强壮有力。
[14]不忍:不肯克制。　[15]日:天天。自忘:不顾自身危险。
[16]厥首:他的头。厥:其,此处指浇。用夫:因此。颠陨:坠落,此处指浇被杀头。　[17]常违:"违常"的倒装,违背常规。
[18]遂焉:终于。逢殃:遭逢灾殃。　[19]后:君王。辛:帝辛,

商纣王的谥号。菹醢(zū hǎi):古代酷刑,把人剁成肉酱。

[20]殷宗:商的宗祀。宗:宗祀。用而:因此。

译文

我依从前代圣贤的榜样而公正做人啊,可叹的是内心愤怒而又经历此等困境。渡过沅水与湘水而向南方行进啊,我去向圣明的虞舜陈述言辞:夏启偷来《九辩》与《九歌》啊,寻欢作乐而无所顾忌地放纵自我;不顾虑危难又不图谋后裔啊,他的儿子五观因此发动内乱。后羿肆意游乐而纵情打猎啊,又偏偏喜欢围猎那些大狐狸;本来淫乱之徒就少有善终啊,寒浞又趁机贪占了他的妻子。浇具有强健有力的体魄啊,却又放纵欲望而不加节制;每日寻欢作乐而忘记自身的危险啊,他的头颅因此被人家砍了而掉下来。夏桀违背常规啊,就终于遭遇祸殃。商纣王把人剁成肉酱啊,商的宗祀因此没有长久。

汤禹俨而祗敬兮[1],周论道而莫差[2]。举贤而授能兮[3],循绳墨而不颇[4]。皇天无私阿兮[5],览民德焉错辅[6]。夫维圣哲以茂行兮[7],苟得用此下土[8]。瞻前而顾后兮[9],相观民之计极[10]。夫孰非义而可用兮[11],孰非善而可服[12]?阽余身而危死兮[13],览余初其犹未悔[14]。不量凿而正枘兮[15],固前修以菹醢[16]。

注释

[1]汤禹：商汤、夏禹，皆为古代明君。俨（yǎn）：谨严。祗（zhī）敬：同义复词，恭敬。　[2]周：周文王、周武王，皆为古代明君。差：差错。　[3]举贤：选拔贤人。授能：任用能人。　[4]颇：偏颇，偏差。　[5]私阿（ē）：偏私，偏袒，偏爱曰私，徇私曰阿。　[6]民：人。焉：乃，于是。错：通"措"，安置，设置。辅：辅佐。　[7]夫维：即上文的"夫唯"，楚方言，犹言"只以""正因"。以：凭。茂行：美好的德行。　[8]苟得：才能够。用：享有。下土：国土，天下，相对"皇天"而言。　[9]前：前面所提的一类人，指夏启一类的恶人。后：后面所提的一类人，指禹汤一类的贤人。　[10]相（xiàng）观：同义复词，察看。计极：终竟，最后结果。　[11]孰：谁。用：享有（天下），承上文的"苟得用此下土"而言。　[12]服：义同"用"，享有（天下）。　[13]阽（diàn）余身："余身阽"的倒装。阽：临近险境。危死：几乎死亡。危：殆，几乎。　[14]初：当初的志向。　[15]凿（zuò）：凿孔，以安榫（sùn）头。正枘：削正榫头。正：削正，使……变正。枘：榫头。　[16]前修：前代贤人。以：因此。

译文

商汤、夏禹两位明君谨严而又恭敬啊，周文王、周武王讲论治道而没有差错。选拔贤人而又任用能人啊，他们遵循法度而没有偏差。灵明的上天对人没有偏私啊，察看人们的德行来安排辅佐。只因为圣贤之人凭借盛德美行啊，才能够因此君临四海而享有天下。瞻顾前面的恶人和后面的贤人啊，我透彻地省察了他们的最后结果。有谁不义而可以君临四海享有天下啊，又有谁不善而可以君临四海享有天下？我身临险境而差点儿送命啊，反观我当初的志向仍不后悔。不量度凿孔的大小而削正想要安放的榫头啊，前代贤人本来就因为这样而被君王剁成肉酱。

曾歔欷余郁邑兮[1]，哀朕时之不当[2]。揽茹蕙以掩涕兮[3]，霑余襟之浪浪[4]。

注释

[1]曾(zēng)：通“增”，增益，愈加。歔欷(xū xī)：抽泣。郁邑：抑郁不舒。 [2]当(dāng)：值，遇。 [3]茹：柔软的。[4]霑(zhān)：通“沾”，浸湿。浪浪：泪流不断的样子。

译文

我心情抑郁不舒而连连抽泣啊，心中所哀痛的是自己生不逢时。我揽取柔软的蕙草来掩面拭泪啊，眼泪不断下流而浸湿了我的衣襟。

跪敷衽以陈辞兮[1]，耿吾既得此中正[2]。驷玉虬以乘鹥兮[3]，溘埃风余上征[4]。朝发轫于苍梧兮[5]，夕余至乎县圃[6]。欲少留此灵琐兮[7]，日

忽忽其将暮[8]。吾令羲和弭节兮[9],望崦嵫而勿迫[10]。路曼曼其修远兮[11],吾将上下而求索[12]。

注释

[1]敷:铺开。衽(rèn):衣襟,此处指古人长袍的前下摆。陈辞:陈述言辞。　[2]耿:昭著,清楚。中正:不偏不倚的正道。　[3]驷:此处作动词,驾。玉虬(qiú):白龙。玉:色白如玉。虬:无角的龙。鹥(yī):善鸟名,凤凰一类的鸟。　[4]埃风:夹杂尘埃的大风。上征:向天上飞行。　[5]发轫(rèn):出发,启程。轫:停车时用来阻止车轮滚动的木头,发车时需将此木头撤走。苍梧:山名,即九嶷山。传说虞舜死于苍梧之野,葬在九嶷山,在今湖南省境内。　[6]县(xuán)圃:地名,又叫玄圃,在昆仑山(神话中一座上通于天的神山)上。　[7]少留:稍许停留。少:稍许。灵琐:县圃上的神宫之门。灵:神。琐:门镂,门上雕刻的花纹,此处代指门。　[8]忽忽:迅急的样子。　[9]羲和:给太阳驾车的神。弭(mǐ)节:放下赶车的策鞭,也就是把车子停下来。弭:止。节:策鞭。　[10]崦嵫(yān zī):山名,太阳下山的地方。　[11]曼曼:通"漫漫",悠长的样子。修:长。　[12]上下:上天下地。求索:同义复词,寻求,追求。此处指上天寻求神女,喻指向上寻求明君;下地寻求侍女,喻指向下寻求贤臣。

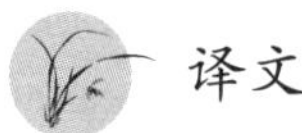

译文

跪着铺开衣裳前下摆来陈述言辞啊,我心中清楚所行所想的是中正之道。我驾驭着虬龙而又以鹥鸟为车驾啊，突然一阵夹杂尘埃的大风送我飞天。早上从苍梧出发啊，晚上我就到了县圃。我想在这神宫之门稍许停留啊，可是太阳匆匆下落而将近黄昏。我命令羲和停止策鞭把车子停下来啊，远眺太阳入住的崦嵫山而不要靠近它。我所寻求的路程是那样的长远啊，我将离开楚国上天下地执著寻求。

饮余马于咸池兮[1]，总余辔乎扶桑[2]。折若木以拂日兮[3]，聊逍遥以相羊[4]。前望舒使先驱兮[5]，后飞廉使奔属[6]。鸾皇为余先戒兮[7]，雷师告余以未具[8]。吾令凤鸟飞腾兮[9]，继之以日夜[10]。飘风屯其相离兮[11]，帅云霓而来御[12]。纷总总其离合兮[13]，斑陆离其上下[14]。吾令帝阍开关兮[15]，倚阊阖而望予[16]。时暧暧其将罢兮[17]，结幽兰而延伫[18]。世溷浊而不分兮[19]，好蔽美而嫉妒[20]。

注释

[1]饮(yìn)：让……喝水。咸池：地名，神话中太阳沐浴的地方。　[2]总：结。辔(pèi)：马缰绳。扶桑：神木名，神话中长在日出之地的树。　[3]若木：神木名，神话中长在日落之地的树。拂日：挥拂太阳使之退回而不落山。　[4]聊：姑且，暂且。

逍遥：自由自在的样子。相羊：通“徜徉”，徘徊。 [5]望舒：神话中为月亮驾车的神。先驱：在前面驱走。 [6]飞廉：风神。属(zhǔ)：跟随。 [7]鸾皇：善鸟名，凤凰一类的鸟。皇：通“凰”，雌凤。先戒：走在前面戒备。 [8]雷师：雷神。未具：尚未准备齐全。具：准备。 [9]凤鸟：善鸟名，凤凰。飞腾：腾飞，展翅飞翔。 [10]继：续。 [11]飘风：旋风。屯：聚集。相离(lì)：向车驾靠拢。离：通“丽”，附着。 [12]帅：通“率”，率领。云霓(ní)：云和虹，此处泛指云霞。来：助动词。御(yà)：通“迓”，迎接。 [13]纷：众多的样子。总总：聚集的样子。离合：乍聚乍散，忽离忽合。 [14]斑：杂乱的样子。陆离：分散的样子。上下：乍高乍低，忽上忽下。 [15]帝阍(hūn)：天宫的守门神。开关：开门。关：门闩。 [16]倚：倚靠。阊阖(chāng hé)：天宫之门。楚国人称门为阊阖。

[17]暧暧(ài ài)：昏暗的样子。罢：终结。 [18]幽兰：香草名，因多生于幽僻之处，故称“幽兰”。 [19]世：时世，社会。溷(hùn)浊：污浊，混浊。 [20]好(hào)：喜欢，喜好。美：美好之人。

译文

让我的马在咸池饮水啊，再将我的马辔系在扶桑。我折下若木来阻挡太阳下落啊，暂且让我在此自由自在地徜徉。先差使为月亮驾车的望舒在前面驱驰啊，后又派遣风神飞廉奔跑而紧紧跟随在后。鸾凤走在前面为我戒备啊，雷师告诉我尚未准备齐全。我命令凤鸟展翅飞腾啊，它夜以继日地飞个不停。旋风群集向我的车驾靠拢啊，又率领着云霞纷纷前来迎接。云霞纷纷群集而忽离忽合啊，它们又杂乱分散而忽上忽下。我命令天宫的守门神开门啊，他却倚靠着天门远眺着我。这时天已昏暗而白日将要过去了啊，我仍编织着幽兰而长久伫立在那里。社会是如此混浊而不分善恶啊，喜爱掩蔽美好之人而心生嫉妒。

朝吾将济于白水兮[1]，登阆风而绁马[2]。忽反顾以流涕兮[3]，哀高丘之无女[4]。溘吾游此春宫兮[5]，折琼枝以继佩[6]。及荣华之未落兮[7]，相下女之可诒[8]。

注释

[1]白水：水名，在昆仑山上。　[2]阆(làng)风：地名，在昆仑山上。绁(xiè)马：系马。绁：又作“绁”，系。　[3]流涕：流泪。　[4]高丘：太帝居所，在昆仑山的最上层。女：神女，此处喻指明君。　[5]春宫：神话中东方青帝居住的宫殿，在阆风上。　[6]琼枝：玉树之枝。　[7]及：趁着。荣华：花朵，此处指玉树之花。荣：草本植物开的花。华：通“花”，木本植物开的花。　[8]相(xiàng)：察看。下女：处居在春宫中的侍女，此处喻指贤臣。贤臣为明君之股肱，犹下女为神女之侍女。下文的“宓妃”“佚女”“二姚”，皆承“下女”而言。诒(yí)：通“贻”，赠予。

译文

早上我将要渡过白水啊，登上阆风而系好我的马。我忽然回头看而不禁流下眼泪啊，心中所哀痛的正是高丘没有神女。我飘忽地来到了这个春宫啊，折取玉树枝来增加我的佩饰。我趁着这玉树枝上的花朵还没有凋落啊，察看下界的侍女而能否把花朵赠送给她。

吾令丰隆乘云兮[1]，求宓妃之所在[2]。解佩纕以结言兮[3]，吾令蹇修以为理[4]。纷总总其离合兮，忽纬繣其难迁[5]。夕归次于穷石兮[6]，朝濯发乎洧盘[7]。保厥美以骄傲兮[8]，日康娱以淫游。虽信美而无礼兮[9]，来违弃而改求[10]。

注释

[1]丰隆:云神。　[2]宓(fú)妃:人名，传说为古帝伏羲之女，此处喻指楚国的隐逸之士。所在:居住的地方。　[3]佩纕(xiāng):佩带。结言:缔结盟约。　[4]蹇(jiǎn)修:人名。蹇:跛足。修:美。蹇修虽美好但有缺陷，自然不能做媒。此处是屈原假设的人名，代指不良的媒人。理:媒人。　[5]纬繣(huà):乖戾。难迁:难以迁就。　[6]次:止宿，歇宿。穷石:山名，弱水的发源地。　[7]濯(zhuó):洗。洧(wěi)盘:水名，发源于崦嵫山。　[8]保:自恃，倚仗。厥美:她的美貌。厥:其，此处指

宓妃。　[9]信美：确实美丽。无礼：不守礼法。　[10]来：助动词。违弃：放弃。违：背。改求：更改寻求的对象。

译文

我命令云神丰隆驾着云啊，去寻找宓妃所居住的地方。解下佩带送去缔结盟约啊，我又命令蹇修来充当媒人。双方媒人纷纷聚集而忽离忽合啊，宓妃又突然态度乖戾而难以迁就。她傍晚回去在穷石歇宿啊，早上又在洧盘洗她的头发。宓妃倚仗她的美貌而骄纵傲慢啊，每天寻欢作乐而放肆地到处游荡。她虽然确实美丽但不守礼法啊，我要放弃她而更改寻求的对象。

览相观于四极兮[1]，周流乎天余乃下[2]。望瑶台之偃蹇兮[3]，见有娀之佚女[4]。吾令鸩为媒兮[5]，鸩告余以不好[6]。雄鸠之鸣逝兮[7]，余犹恶其佻巧[8]。心犹豫而狐疑兮[9]，欲自适而不可[10]。凤皇既受诒兮[11]，恐高辛之先我[12]。

注释

[1]览相(xiàng)观：三字同义，察看。四极：即上文的“四荒”，四方极远之地。　[2]周流：遍游。周：遍。下：下降。[3]瑶台：华美的台观。偃蹇：高耸的样子。　[4]有娀(sōng)：有娀氏，传说为古代部落名。佚(yì)女：美女简狄(dí)，此处喻指

楚国那些仕于他国之士。佚:美好,美丽。 [5]鸩(zhèn):恶鸟名,羽毛有毒,此处喻指不良的媒人。 [6]不好:不美好,此处指屈原派遣的鸩(媒人)回来反诬说对方的坏话。 [7]鸠:恶鸟名,善鸣多声,此处喻指不良的媒人。鸣逝:边叫边飞去。 [8]恶(wù):厌恶。佻(tiāo)巧:轻佻巧言。 [9]犹豫、狐疑:两个词语同义,疑惑不定,踌躇不决。 [10]适:往。不可:于礼不可。古人认为,男女交往结合,必须事先经过媒人的介绍。 [11]凤皇:善鸟名,此处喻指良好的媒人。皇:通“凰”。受诒:此处指(接受高辛的委托而)赠送聘礼。受:通“授”,授予。诒:通“贻”,聘礼。 [12]高辛:帝喾(kù)的称号,简狄的丈夫。先我:抢先于我(而迎娶简狄)。

译文

仔细地观察四方极远的地方啊,我又在天空周游一遍尔后下降。我远眺那华美高耸的台观啊,还看见了有娀氏的美女简狄。我命令鸩来充当媒人啊,鸩却告诉我说简狄不好。雄鸠鸣叫着飞去了啊,我又嫌恶它轻佻巧言。我的心里总是踌躇不决啊,想亲自前往而又于礼不可。凤凰已受帝喾的委托而赠送简狄聘礼啊,让我担忧的正是帝喾抢先于我而迎娶她。

欲远集而无所止兮[1],聊浮游以逍遥[2]。及少康之未家兮[3],留有虞之二姚[4]。理弱而媒拙兮[5],恐导言之不固[6]。世溷浊而嫉贤兮[7],好蔽美而称恶[8]。

注释

[1]集:栖止,栖宿。止:停留。 [2]浮游:飘游。逍遥:徘徊。 [3]少康:夏代中兴的国君,相的儿子。未家:尚未成家,没有结婚。 [4]留:留家待嫁。有虞:夏代部落名,以姚为姓。二姚:有虞君主的两个女儿,此处喻指楚国的留而待用之士。 [5]理:媒人。 [6]导言:传导的话语,此处指媒人说媒时撮合双方情意的言辞。固:牢靠,可靠。 [7]嫉贤:嫉妒贤能之人。 [8]称恶(è):称赞奸恶之人。

译文

想到远方栖止却没有落脚之地啊,我只好暂且在此飘游而徘徊不前。趁着少康还没有结婚的时候啊,有虞氏的两个女儿正留家待嫁。我的媒人真是智商低下而口齿笨拙啊,我担忧这回说合无法使双方缔结婚约。社会是如此混浊而嫉妒贤能之人啊,喜爱掩蔽美好之人而称赞奸恶之人。

闺中既以邃远兮[1],哲王又不寤[2]。怀朕情而不发兮[3],余焉能忍与此终古[4]!

注释

[1]闺中:闺阁,此处总结上文“宓妃”“佚女”“二姚”等下女所居的地方。“宓妃”“佚女”“二姚”等下女,喻指各类贤臣。邃(suì)

远:深远。　[2]哲王:明君。此处总结上文寻求神女而不得。不寤:此处喻指明君被小人蒙蔽而不分好坏。寤:通“悟”,醒悟。[3]怀:怀揣,怀藏。发:抒发。　[4]焉能:怎能,哪能。此:此种情形,承上文的“闺中既以邃远兮,哲王又不寤”句而言。终古:永远,长久。

译文

各类贤臣居住的闺阁已是如此深远啊,圣明的国君又被小人蒙蔽而不分好坏。怀藏我忠贞的情志而无处抒发啊,我又怎能忍受此种情形直到最终!

文史链接

此节是女媭与屈原之间的对话,旁听者是重华。女媭,是屈原假设的亲近自己的妇人。她用“鲧婞直以亡身”的历史,来为屈原指明为臣之道,规劝他不要特立独行、与世乖戾,应当随从流俗、与世浮沉,否则就将自取灭亡。而在对虞舜的陈词中,屈原则婉言相答,同样用国家兴亡的历史,来论说为君之道,重申自己坚定的立场,宁愿死守善道,也不愿随从流俗,然后慨叹世无知己,而抱己之道以求知己。

在这“对话”之后,屈原采取了上天求女的“行动”。屈原以寻求男女爱情的知音,来比喻寻求政治理想的知音。所求美女因为身份地位不同,而分为“上女”和“下女”。作为“上女”的“高丘神女”,代表国君;而作为神女侍女的“下女”,则代表贤臣,具体有

“宓妃”“佚女”“二姚”三类女子。

宓妃，传说为古帝伏羲之女，美艳无比。宓妃傍晚在穷石歇宿，早上又在洧盘洗发梳妆。她喜欢居住在名山大川、与世隔绝的地方。同时，宓妃倚仗她的美貌而骄纵傲慢、不守礼法，既无求于人又自得其乐，每天恣意地到处游荡。此习性与隐士很相似，屈原其实就是以宓妃来喻指隐逸之士。

佚女，传说为上古国有娀氏的美女简狄。她居住在瑶台之上。帝喾(高辛)听说其美丽且聪慧，就派遣凤凰做良媒，赠送聘礼，终娶得简狄为妃。传说简狄后来吞食燕卵、破胸生下殷商的始祖契(xiè)。因佚女为高辛娶走，屈原便在此以佚女喻指楚国那些仕于他国之贤士。

二姚，传说为上古国有虞君主的两个女儿。后来嫁给了少康，少康乃夏代中兴的国君，相的儿子。相被杀之后，少康逃到有虞，娶到有虞君主的这两个女儿。后来，少康借助有虞的力量，杀了浇，重新恢复了夏朝。在这过程中，二姚辅佐少康，助其成功。因为此处二姚还是待嫁在家，尚未被少康娶走，故屈原便在此以二姚喻指楚国的留而待用之士。

思考讨论

1.屈原对女嬃的谈话表现出什么样的态度?

2.此节共有几次求女行动?结果如何?请谈谈每次“求女”的寓意。

索藑茅以筳篿兮[1]，命灵氛为余占之[2]。曰："两美其必合兮[3]，孰信修而慕之[4]？思九州之博大兮[5]，岂唯是其有女[6]？"

注释

[1]索：取。藑(qióng)茅：香草名，一种用来占卜的茅草。以：与。筳篿(tíng zhuān)：一种用来占卜的竹片。 [2]灵氛：神巫名。灵：本义是神，巫能降神，楚人称巫为灵。氛：巫者的名。占(zhān)：占卜。之：它，此处指离开楚国的吉凶。 [3]两美其必合兮：此处为灵氛陈述卦辞的话。两美：双方皆为美好的人。[4]孰：谁。信修：确实美好。之：她，此处指确实美好的人。[5]思：想。九州：古人将全中国划分为九个区域，故"九州"是中国、天下的代称。 [6]是：此，此处指楚国。女：美女，包括神女与侍女，此处喻指明君与贤臣。

译文

我取来可用作占卜的藑茅与筳篿啊，命令灵氛为我占卜离开楚国的吉凶。灵氛说："两个美好的人必定可以相合啊，楚国有谁确实美好而又爱慕美好的人？想想九州是如此广大啊，难道只有这里才有美女？"

曰:“勉远逝而无狐疑兮[1],孰求美而释女[2]?何所独无芳草兮[3],尔何怀乎故宇[4]?世幽昧以眩曜兮[5],孰云察余之善恶[6]?民好恶其不同兮[7],惟此党人其独异[8]!户服艾以盈要兮[9],谓幽兰其不可佩[10]。览察草木其犹未得兮[11],岂珵美之能当[12]?苏粪壤以充帏兮[13],谓申椒其不芳[14]。”

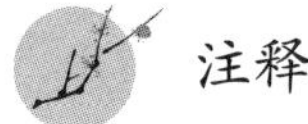

注释

[1]曰:灵氛语。再言"曰"者,灵氛申释所占之义。远逝:远行。 [2]美:美好之人。释:放弃,丢开。女:通"汝",你。 [3]何所:何处。芳草:此处喻指美女。 [4]故宇:故国,此处指楚国。 [5]世:时世,社会。幽昧:昏暗。昡曜(xuàn yào):惑乱。 [6]孰:谁。云:语助词。余:余辈,我们。灵氛为了表示跟屈原亲近,在劝说屈原时把自己和对方归为同类人。 [7]民:人。好:爱好。恶(wù):嫌恶。 [8]惟:发语词。独异:尤其怪异。 [9]户:家家户户,此处犹言"个个"。艾:恶草名,艾草。盈:满。要:"腰"的古字。 [10]佩:服佩,佩戴。 [11]览察:同义复词,察看。得:得当。 [12]珵(chéng):美玉。当(dàng):恰当。 [13]苏:取。以:连词,来。充:塞满,装满。帏(wéi):随身佩戴的香囊。 [14]申椒:香木名,椒的一种。

译文

灵氛又说:"你努力远行而无须迟疑不决啊,哪位寻求美好的人却会愿意把你舍弃掉?什么地方会单单没有美女啊,你又何必总是怀念那个故国?社会是如此昏暗而惑乱啊,又有谁会详察我们的好坏?人们的爱憎本来就是不一样的啊,但这些结党营私的群小尤其怪异!他们个个佩戴着艾草而挂满腰间啊,却昧着良心说芳香的幽兰不可佩戴。他们观察草木的美恶都评价不得当啊,而观察美玉的价值又怎能评价恰当?他们拿粪土来装满香囊啊,却昧着良心说申椒没有芳香。”

欲从灵氛之吉占兮[1]，心犹豫而狐疑。巫咸将夕降兮[2]，怀椒糈而要之[3]。百神翳其备降兮[4]，九疑缤其并迎[5]。皇剡剡其扬灵兮[6]，告余以吉故[7]。

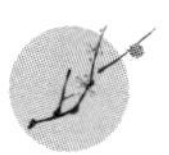

注释

[1]吉占：吉祥的卦辞。　　[2]巫咸：神巫名。咸：巫者的名。夕降：傍晚降神。古人认为，巫能降神，神附于巫身而传达旨意。　　[3]椒：香物名，木椒，用以敬神。糈(xǔ)：香物名，精米，用以祭神。要：通“邀”，迎接。　　[4]百神：表示神灵众多。翳(yì)：遮蔽。备：尽，全部。　　[5]九疑：九嶷山，此处喻指九嶷山诸神。缤：盛多的样子。并迎：一起迎接。　　[6]皇：即上文的“百神”。剡剡(yǎn yǎn)：光芒闪耀的样子。　　[7]吉故：美好的往事，此处指下文所述前代君臣遇合之事。

译文

想听从灵氛吉祥的卦辞啊，我的心里却总是踌躇不决。巫咸将在傍晚的时候降神啊，我怀藏花椒、精米来迎接神。天上众神遮天蔽日地全部下降啊，九嶷山诸神纷纷前来而一起迎接。天上众神光芒闪耀地显扬灵光啊，通过巫咸来把美好的往事告诉我。

曰[1]："勉升降以上下兮[2]，求矩矱之所同[3]。汤禹严而求合兮[4]，挚咎繇而能调[5]。苟中情其好修兮[6]，又何必用夫行媒[7]？说操筑于傅岩兮[8]，武丁用而不疑[9]。吕望之鼓刀兮[10]，遭周文而得举[11]。甯戚之讴歌兮[12]，齐桓闻以该辅[13]。及年岁之未晏兮[14]，时亦犹其未央[15]。恐鹈鴂之先鸣兮[16]，使夫百草为之不芳[17]。"

注释

[1]曰：巫咸语，此处为巫咸转述百神的话。　[2]上下：上天下地，此处喻指留在楚国上求明君和下求贤臣。　[3]矩矱(yuē)：工匠用的两种工具，此处喻指法度。矩：画方形的工具。矱：量长短的工具。　[4]严：庄重。　[5]挚：伊尹的名。传说为商汤的贤相，曾做过厨役。咎繇(gāo yáo)：皋陶。传说为夏禹的贤臣。调(tiáo)：协调，和谐。　[6]苟：只要。好(hào)修：爱好修饰，此处喻指爱好修养美德。　[7]用夫：因此。行媒：派遣媒人。行：出动。　[8]说(yuè)：傅说。传说为殷高宗的贤相。操筑：操持筑杵。筑：工匠使用的一种工具，筑杵。傅岩：地名，在今陕西省境内。　[9]武丁：殷高宗的名。传说武丁梦得贤臣，后来在刑徒中发现傅说与梦中人长得一样，遂命他为相。[10]吕望：姜子牙。传说为周代的贤相，曾在殷都朝歌做过屠夫，后被周文王任命为太师，并辅佐周武王完成灭商大业。鼓刀：舞动屠刀。　[11]遭：遇，逢。周文：周文王，古代明君。得举：得

到提拔任用。　[12]甯(níng)戚:春秋时期卫国人。传说为齐桓公的贤臣,曾做过商贩。有一日,他夜宿齐国东门外,边喂牛边敲击牛角唱歌,抒发自己怀才不遇的苦闷,齐桓公慧眼识才,任命他为客卿。讴歌:唱歌。　[13]齐桓:齐桓公,春秋五霸之一,古代明君。该辅:备为辅佐。该:备。　[14]晏(yàn):晚,老。　[15]犹其未:"其犹未"的倒装,尚未。央:尽。　[16]鹈鴂(tí jué):恶鸟名,又名鶪(jú),此处喻指党人。　[17]为之:因此。之:此,承上句"鹈鴂先鸣"而言。

译文

巫咸说:"努力地适应人生的沉浮而上求明君和下求贤臣啊,你应该继续留在楚国而去寻求与你对法度看法一致的人。商汤、夏禹言行庄重而寻求相合的贤臣啊,因此得到伊尹、皋陶而君臣之间相处融洽。只要你内心的情志真是爱好修养美德啊,又何必因此专门派遣媒人去向对方说合?傅说曾经操持筑杵在傅岩夯打土墙啊,武丁依据梦中的形象任用他而不怀疑。姜太公曾经做过操刀的屠夫啊,后遇见周文王而得到提拔任用。甯戚曾经敲着牛角唱歌啊,齐桓公闻其声就用为大夫。你要趁着年纪未老啊,时光也还没有到尽头。所担心的是党人捷足先登如同鹈鴂抢先鸣叫啊,贤人因此丧失良机如同各种芳草因此不再芬芳。"

何琼佩之偃蹇兮[1],众薆然而蔽之[2]。惟此党人之不谅兮[3],恐嫉妒而折之[4]。时缤纷其变易兮[5]，又何可以淹留[6]？兰芷变而不芳兮，荃蕙化而为茅[7]。何昔日之芳草兮，今直为此萧艾也[8]？岂其有他故兮[9]，莫好修之害也！

注释

[1]琼佩：玉佩，此处喻指屈原的美质。　[2]薆（ài）然：遮掩的样子。　[3]惟：发语词。谅：信实，诚实。　[4]折：摧折，毁坏。　[5]时：时世，社会。缤纷：错杂混乱的样子。变易：变化。　[6]淹留：久留。淹：久。　[7]荃（quán）：香草名，又名荪。蕙：香草名，又名薰草。茅：恶草名，茅草。[8]直：径直，表示变化太快。萧：恶草名，蒿草。艾：恶草名，艾草。　[9]他故：别的缘故。

译文

我的美质是多么盛丽高耸啊，众人却把它遮蔽得黯然失色。这些结党营私的群小是不讲诚信的啊，我担心他们嫉妒我的美质而把它摧折。时世错杂混乱而变化无常啊，我又怎么可以长久留在这里？兰草、白芷一类的人才都已经变质而没有了自己的美质啊，荃草、蕙草一类的人才也都腐化而变成了茅草一类的小人。为什么往日这些芳草一类的人才啊，如今倏忽间变成了萧艾一类的坏人？这哪里还有什么别的缘故啊，都是不爱好修养美德所致的！

余以兰为可恃兮[1],羌无实而容长[2]。委厥美以从俗兮[3],苟得列乎众芳[4]。椒专佞以慢慆兮[5],榝又欲充夫佩帏[6]。既干进而务入兮[7],又何芳之能祗[8]?固时俗之流从兮[9],又孰能无变化[10]?览椒兰其若兹兮[11],又况揭车与江离[12]?

注释

[1]可恃:可靠。恃:靠,赖。　[2]无实:没有诚信之实。容长:仪容美好。　[3]委:抛弃。此处指自己抛弃。美:美质。从俗:追从世俗。从:追从。　[4]苟得:苟且能够。列:列位。众芳:即上文“哀众芳之芜秽”句中的“众芳”,此处喻指各种变质的人才,而非真正美好的人才。　[5]椒:香木名,木椒,此处喻指变质的人才。专佞:专横谗佞。慢慆(tāo):傲慢放肆。[6]榝(shā):恶木名,又名食茱萸,此处喻指坏人。佩帏:佩戴的香囊。　[7]干进:企求升官。干:求。进:进爵。务入:企求做官。　[8]芳:椒榝本体之芳,此处喻指美质。祗(zhī):恭敬。[9]流从:从流,随波逐流。　[10]孰:谁。　[11]若兹:如此。兹:此。　[12]揭车:香草名,黄叶白花。

译文

我原以为兰草一类的人才是可靠的啊,不料他们无诚信之实而徒有美好之貌。他们竟以为抛弃自己的美质而追随世俗啊,苟且能够与所谓芳草一类的人才列在一起。木椒一类变质的人才专横谗佞而又傲慢放肆啊,食茱萸一类的坏人又想去充满君王佩戴的香囊。已经极力钻营只求做官升官啊,他们又怎么能敬重美好的品质?社会习俗本来就是随波逐流啊,又有谁能保持美质而没有变化?看看木椒、兰草一类的人才尚且如此啊,又何况次一等的揭车与江离一类的人才?

惟兹佩之可贵兮[1],委厥美而历兹[2]。芳菲菲而难亏兮[3],芬至今犹未沬[4]。和调度以自娱兮[5],聊浮游而求女[6]。及余饰之方壮兮[7],周流观乎上下[8]。

注释

[1]惟:通“唯”,只。兹佩:即上文的“琼佩”。因前有“折琼枝以继佩”句,可知此处“琼佩”乃琼枝所做而成。琼枝虽为神界之物,但也是草木,故有色香。　[2]委:抛弃,鄙弃。此处指被人鄙弃。历兹:经历此等困境。　[3]菲菲:香气浓郁的样子。[4]沬(mèi):通“昧”,昏暗,暗淡。　[5]和:使……和谐。调:佩玉的声响。度:步伐的节度。　[6]浮游:飘游。求女:寻求美女。女:美女,包括神女(喻指明君)和下女(喻指贤臣)。[7]及:趁着。饰:佩饰,此处指琼佩,喻指美质。方壮:正当盛美。[8]周流:遍游。上下:上天下地,此处喻指远离楚国后上求明君和下求贤臣。

译文

只有我所携带的玉佩是多么的高贵啊，它那美质却被人鄙弃而经历此等境遇。但它的香气依旧浓郁而难以减损啊，它的芬芳到现在还未曾变淡一点儿。使玉佩的声响与步伐的节度和谐而自我娱乐啊，我暂且四处飘游而去寻找自己心中美好的女人。趁着我所携带的玉佩正当盛美之时啊，我将周游天下而上求明君和下求贤臣。

灵氛既告余以吉占兮[1]，历吉日乎吾将行[2]。折琼枝以为羞兮[3]，精琼爢以为粻[4]。为余驾飞龙兮[5]，杂瑶象以为车[6]。何离心之可同兮[7]？吾将远逝以自疏[8]。

注释

[1]以：把。　[2]历：选择。　[3]羞：通“馐”，佳肴。　[4]精：凿碎。琼爢（mí）：玉屑。粻（zhāng）：粮食。　[5]飞龙：善兽名，有翼的龙。　[6]杂：杂用。瑶象：美玉和象牙。　[7]离心：异心，心志不同。　[8]远逝：远行。自疏：自行疏离，主动离开。

译文

灵氛已经把吉祥的卦辞告诉我啊，选好吉利的日子我将要启程远行。折取玉树枝当作佳肴啊，我又凿碎玉屑作为粮食。我命令随从替自己驾驭飞龙啊，又杂用美玉和象牙镶饰我的车。人的心志不同怎么可能相合啊？我将远走高飞而自行疏离他们。

邅吾道夫昆仑兮[1]，路修远以周流。扬云霓之晻蔼兮[2]，鸣玉鸾之啾啾[3]。朝发轫于天津兮[4]，夕余至乎西极[5]。凤皇翼其承旂兮[6]，高翱翔之翼翼[7]。忽吾行此流沙兮[8]，遵赤水而容与[9]。麾蛟龙使梁津兮[10]，诏西皇使涉予[11]。路修远以多艰兮[12]，腾众车使径待[13]。路不周以左转兮[14]，指西海以为期[15]。

注释

[1]邅(zhān)：楚方言，转道，转弯。　[2]扬云霓："云霓扬"的倒装，云旗飞扬。云霓：云霞，此处指以云霞为旌旗，即下文的"云旗"。扬：飞扬。晻蔼(yǎn ǎi)：云霞遮天蔽日的样子。[3]鸣玉鸾："玉鸾鸣"的倒装，车铃鸣唱。玉鸾：用玉雕成而形如鸾鸟的车铃。啾啾(jiū jiū)：玉鸾发出的声音。　[4]发轫(rèn)：出发，启程。天津：天河的渡口，在天的东面。津：渡口。[5]西极：天空的西边尽头。　[6]翼其：翼然，翅膀张开的样子。承：承举，托举。旂(qí)：通"旗"，即上文的"云霓"。[7]翼翼：整齐和谐的样子。　[8]流沙：地名，神话中的西方沙漠之地，据说那里的沙漠流动如水。　[9]赤水：神话中的水

名,发源于昆仑山。容与:缓缓行进。　[10]麾:指挥。蛟龙:无角的龙。梁:架桥。津:渡口。　[11]诏:命令。西皇:西方之神。涉:渡过。　[12]艰:艰险。　[13]腾:传令。径待(shì):一路侍卫。待:通“侍”,侍卫。　[14]路:路过,路经。不周:山名,神话中昆仑山西北边的山。　[15]西海:水名,神话中西边的海。期:约会,此处指约会的地点。

译文

在昆仑山上转变我前进的线路啊,路途即使遥远但我也要去周游。云旗翻卷飞扬而遮天蔽日啊,车铃又一路鸣唱而清和悦耳。早上从天河的渡口出发啊,晚上我就到了天空的西边尽头。凤凰展开翅膀托举着云霓之旗啊,它们整齐和谐地在高空中飞翔。倏忽间我到了流沙啊,沿着赤水而缓缓行进。我指挥蛟龙横跨在渡口充当桥梁啊,又命令西方之神让他把我渡到对岸。路途长远而又多么艰难险阻啊,我传令众车而使它们一路侍卫。经过不周山而向左转弯儿啊,我指定西海作为会合的地点。

屯余车其千乘兮[1],齐玉轪而并驰[2]。驾八龙之婉婉兮[3],载云旗之委蛇[4]。抑志而弭节兮[5],神高驰之邈邈[6]。奏《九歌》而舞《韶》兮[7],聊假日以媮乐[8]。

注释

[1]屯:屯聚,聚集。乘(shèng):古代车的量词,四匹马拉一车叫“一乘”。 [2]齐:整齐,对齐。玉轪(dài):车毂上包的玉帽,也指车轮。并驰:并驾齐驱。 [3]婉婉:同“蜿蜿”,龙身屈伸前行的样子。 [4]委蛇(wēi yí):旌旗随风飘动的样子。 [5]抑志:抑制自己的心志,定下心来。弭(mǐ)节:放下赶车的策鞭,也就是把车子停下来。 [6]神:心神,神思。高驰:高高飞驰。邈邈(miǎo miǎo):遥远的样子。 [7]韶(sháo):《九韶》,传说中虞舜的舞曲。 [8]假日:假借时日。假:借。媮乐:同义复词,娱乐。媮:通“愉”。

译文

我聚集着成千辆的车子啊,对齐车轮而一路并驾齐驱。驾着八条龙蜿蜒飞翔啊,又载着随风飘动的云旗。我抑制疾驰的心志而把车子停下来啊,我的神思就已经高高飞驰得邈远无际。奏起《九歌》又跳起《韶》舞啊,我暂且假借眼前的时日而自我娱乐。

陟升皇之赫戏兮[1],忽临睨夫旧乡[2]。仆夫悲余马怀兮[3],蜷局顾而不行[4]。

注释

[1]陟(zhì)升:同义复词,上升。皇:皇天。赫戏:光明辉煌的样子。　[2]临:居高俯视。睨(nì):斜视。旧乡:故乡,此处指

楚国。　[3]仆夫：跟随的人，仆从。　[4]蜷（quán）局：蜷曲不伸。

译文

我继续向那光明辉煌的天空上升啊，忽然向下俯视见到了我的故土楚国。我的仆从悲伤而我的马也怀思留恋啊，马儿蜷曲着身体再三回顾而不肯前行。

文史链接

此节是灵氛与巫咸之间的对话，旁听者是屈原。灵氛卜辞指出屈原在楚国已无望，应当离开；而巫咸则劝勉屈原继续留在楚国，上求明君，下索贤臣。在这次“对话”后，屈原采取了去楚求女的“行动”。与第一次“求女”相似，屈原还是借此传达其“上求明君”“下求贤臣”的意愿。

此节中灵氛和巫咸均是神巫名。神巫在古代被认为是人和神之间交流的媒介。人的祈愿可以通过神巫向神灵传达，而神灵又可以附于神巫向人传递其旨意。楚国作为当时的南方大国，尽管已受到北方中原文化的影响，但它依然保有自身浓厚独特的巫觋（xí）文化。关于楚国巫风盛行的事实，在历代文献中多有记载。班固《汉书·地理志》：“信巫鬼，重淫祀。”王逸《楚辞章句》：“昔楚国南郢之邑，沅、湘之间，其俗信鬼而好祠。”正是在这种迷狂思潮的氛围中，楚地的百姓十分虔诚地把神灵视为自己的救世主，故在祭祀时或作歌、或击鼓、或跳舞，场面极其隆重。屈原从小就生活在楚地，耳濡目染着楚地浓厚的巫术文化，受其影响之深不言而喻。在楚地，即使在抗敌入侵乃至危亡时刻，也还有国君或大臣始终相信只要获得神灵的保佑就自然平安无事。例如桓谭在《新论》中提到楚灵王笃信巫祝之道，在吴国来攻、国家告急之时，他却泰然自若，对身边的人说："我刚刚祭祀过神灵，肯定能得到神的庇佑，不用派兵去救。"班固在《汉书·郊祀志》中也记载楚怀王重视祭祀，极其信奉鬼神，希望通过神灵的庇佑来打败秦国军队，但最终"兵削地挫，身辱国危"。在这些荒唐行为的背后，我们不难发现，把神灵视作救世主的文化观念一直扎根于楚人的心灵深处。

在《离骚》中，屈原所要寻找的美人，正是这种救世主式的女神，唯有她们才能真正了解他、拯救他。因此，就巫觋文化的影响而言，神灵的特异本领成为影响屈原塑造美人形象的间接因素。

思考讨论

1. 从灵氛与巫咸的对话来看，灵氛、巫咸各持什么样的意见？

2. 屈原为何纠结于是否要离开楚国？

乱曰：已矣哉[1]！国无人莫我知兮[2]，又何怀乎故都[3]？既莫足与为美政兮[4]，吾将从彭咸之所居[5]！

注释

[1]乱：乐歌的最后一章，尾声。从内容上看，它是全篇的总

结。已矣哉:算了吧。　　[2]人:美人,此处喻指贤人,包括明君和贤臣。莫我知:“莫知我”的倒装,不了解我。　　[3]故都:楚国郢都。　　[4]莫足与:不足以一起。与:与共,一起。

[5]从:追从。所居:居住的地方。此处屈原明确表示自己要以彭咸为榜样,宁死不屈,并打算自沉,到彭咸的住所去与他为伴。

译文

尾声说:算了吧!国家没有贤人因此谁也不了解我啊,我又何必要去怀念自己的故土郢都?已经不足以一起成就美好的政治啊,我将追从彭咸到他所居住的江底去!

文史链接

此节写屈原欲死,“将从彭咸之所居”;写其不为人知、处境凄惨,“国无人莫我知兮”;写其理想破灭,“既莫足与为美政兮”。

此节中提到的彭咸是谁呢?王逸认为他是“殷贤大夫”,而颜师古认为他是“殷之介士”。不管怎样,两人皆认为彭咸是殷商的贤臣。他是与党人相对立的贤臣,是刚直正派、才华横溢、胸怀抱负的贤人,是一位积极入世、慷慨赴义的贤士。据说,彭咸曾屡次劝谏商王,但商王骄奢淫逸,不采纳其忠言,最后彭咸投江自尽,以死明志,被后代奉为人臣的楷模。

“既莫足与为美政兮,吾将从彭咸之所居。”在这里,屈原明确表示自己要以彭咸为榜样,宁死不屈,并决定效仿彭咸,以自沉来反抗时世。屈原之所以产生这种念头,是因为他感到自己在现实中备受党人的谗害，唯有回到古人那里去才能找到知音。可以说，彭咸因不容于世而走向死亡，也正暗示着屈原自己宁愿选择死亡也绝不苟且偷生于今世。对于屈原来说，要想有尊严、有价值地活着，是几乎不可能的事情。从俗，他不愿干；隐逸，他不忍为。在《离骚》中，屈原一再强调自己没有知音。屈原坚信，整个楚国唯有自己具有古代贤臣辅佐明君成就大业的一切才能，倘若自己能获得明君的信任和重用、贤臣的理解和支持，那一定能实现自己的美政理想。然而，楚国的政治极为黑暗，那些奸佞小人嫉妒自己的才能，在楚怀王面前不断造谣诬陷自己，致使自己的美政理想终究化为泡影。屈原觉得与其被侮辱、被损害地活着，不如持守道义、坚守理想，打算以自沉这种最激烈的方式，来为自己的不幸命运做最后的反抗。

思考讨论

1. 屈原在《离骚》中塑造了一个怎样的抒情主人公形象？
2. 如何理解《离骚》中的名物世界？

第二章　九歌(选六)

湘　君

君不行兮夷犹[1]，蹇谁留兮中洲[2]？美要眇兮宜修[3]，沛吾乘兮桂舟[4]。令沅湘兮无波[5]，使江水兮安流[6]。望夫君兮未来[7]，吹参差兮谁思[8]？

注释

[1]君：此处是湘夫人对湘君的称呼。不行：不来赴约。夷犹：犹豫、迟疑不前的样子。　[2]蹇(jiǎn)：楚方言，发语词。谁留：为谁而滞留。中洲："洲中"的倒装。洲：水中的小岛。
[3]要眇：窈窕美貌的样子。宜修：修饰适宜，装扮得体。
[4]沛(pèi)：船在水中疾速行驶的样子。桂舟：用芳香的桂木做成的船。　[5]沅(yuán)：沅水。湘：湘水。　[6]安流：平缓地流淌。　[7]夫君：此处是湘夫人对湘君的称呼。未来：没有到

来。　　[8]参差(cēn cī):此处指排箫。谁思:“思谁”的倒装,思念谁。

译文

湘君不来赴约啊迟疑不前,到底是为谁滞留啊在洲中?我窈窕美好啊又装扮得体,疾速地乘行啊在桂木船中。我命令沅水、湘水啊风平浪静,使千里江水啊平缓地流淌。盼望着见你啊你迟迟没有到来,吹奏着排箫啊我又能思念着谁?

驾飞龙兮北征[1],邅吾道兮洞庭[2]。薜荔柏兮蕙绸[3],荪桡兮兰旌[4]。望涔阳兮极浦[5],横大江兮扬灵。扬灵兮未极[6],女婵媛兮为余太息[7]!横流涕兮潺湲[8],隐思君兮陫侧[9]。

注释

[1]飞龙:善兽名,有翼的龙,此处指由龙驾驶的快船。北征:向北方行进。　[2]邅(zhān):楚方言,转道,转弯。洞庭:洞庭湖。　[3]柏:搏壁,此处指用薜荔装饰船舱的墙壁。绸:帐子。[4]荪(sūn):香草名,俗名石菖蒲。桡(ráo):旗杆上面的曲柄,可用于悬挂和装饰。旌(jīng):旗杆上面的装饰物。　[5]涔(cén)阳:地名,在洞庭湖西北。极浦:遥远的水岸。浦:水岸。[6]极:至,到达。　[7]女:此处指湘夫人身边的侍女。婵媛(chán yuán):楚方言,即"啴咺",因愤怒或悲伤而喘息不止的样子。太息:叹息。　[8]横流涕:眼泪横流。潺湲(chán yuán):眼泪流淌不止的样子。　[9]隐:暗地,暗自。陫(fěi)侧:通"悱恻",愁苦悲伤的样子。

译文

驾驶飞龙开的船啊向北方行进,转变我的航道啊在洞庭湖上。用薜荔装饰舱壁啊用蕙草做帐子,用荪草做杆柄啊用兰草做旌旗。眺望涔阳啊遥远的水岸,横渡大江啊我扬显灵光。我已扬显灵光啊还未到达终点，侍女怒得气喘吁吁啊为我叹息！我眼泪横流啊无法抑止，暗暗思念你啊愁断心肠。

桂櫂兮兰枻[1]，斲冰兮积雪[2]。采薜荔兮水中[3]，搴芙蓉兮木末[4]。心不同兮媒劳[5]，恩不甚兮轻绝[6]。石濑兮浅浅[7]，飞龙兮翩翩[8]。交不忠兮怨长，期不信兮告余以不闲[9]。

注释

[1]桂：香木名，桂木。櫂(zhào)：通“棹”，长的船桨。枻(yì)：短的船桨。 [2]斲(zhuó)：通“斫”，砍削。 [3]薜(bì)荔：香草名，又名木馒头，一种蔓生植物。 [4]搴(qiān)：摘取。芙蓉：荷花。木末：树梢。 [5]媒劳：媒人徒劳而无功。 [6]不甚：不深。轻绝：容易绝断感情。 [7]石濑(lài)：沙石间湍急的浅水。浅浅：水疾速流淌的样子。 [8]翩翩：船行驶轻快的样子。 [9]期：约会。信：信守。

译文

用桂木做长桨啊用兰木做短桨，扬起双桨斫开冰块啊扫除积雪。我采下陆生的薜荔啊在水中，摘取水养的荷花啊在树梢上。心意不合啊媒人只能徒劳无功，恩爱不深啊非常容易绝断感情。沙石间的浅水啊疾速流淌，江水中的龙船啊轻快飞驰。结交而不能相互忠诚啊让人长久怨叹，湘君你不守约啊却告诉我说不得空闲。

鼂骋骛兮江皋[1]，夕弭节兮北渚[2]。鸟次兮屋上[3]，水周兮堂下[4]。捐余玦兮江中[5]，遗余佩兮醴浦[6]。采芳洲兮杜若[7]，将以遗兮下女[8]。时不可兮再得[9]，聊逍遥兮容与[10]。

注释

[1]鼂(zhāo)：通“朝”，清晨。骋骛(wù)：疾驰。江皋：江边的高地。　[2]北渚(zhǔ)：北面水中的小洲。　[3]次：栖息。　[4]周：环绕。　[5]捐：抛弃。玦(jué)：一种古代佩戴在身上的玉器，环状，有缺口。　[6]遗(yí)：丢弃。佩：玉佩。醴(lǐ)浦：澧水之滨。醴：通“澧”。湘夫人丢弃湘君所赠的玦、佩，表示怨恨决绝之意。　[7]芳洲：生长着香草的水洲。杜若：香草名。　[8]遗(wèi)：赠送。下女：此处指湘君身边的侍女。湘夫人仍对湘君一往情深，所以采了杜若，托湘君的侍女送给湘君，以期他回转心意。　[9]时：会面的时机。　[10]逍遥：徘徊。容与：缓缓行进。

译文

我清晨迅疾地奔驰啊在江边的高地，傍晚把船停下啊在北面水中的小洲。鸟儿栖息啊在屋顶上，流水环绕啊在堂屋下。把我的玉玦丢弃啊到江水之中，把我的玉佩遗弃啊在澧水之滨。在生长着香草的水洲摘取啊杜若，我将把它赠送啊给你身边的侍女。会面的时机不可能啊再得，我姑且徘徊啊缓缓地行进。

文史链接

《九歌》共有十一篇，包括《东皇太一》《东君》《云中君》《湘君》《湘夫人》《大司命》《少司命》《河伯》《山鬼》《国殇》《礼魂》。朱熹认为，《九歌》为屈原在楚地祭歌的基础上改编而成，而楚地祭神的方法为“或以阴巫下阳神，或以阳主接阴鬼”(朱熹，《楚辞集注》)，也就是通过模拟恋爱过程来完成祭祀仪式。

《湘君》《湘夫人》都是以湘水为背景，既独立成篇，又紧密相关，可谓珠联璧合的情侣篇。这两篇“写的是湘君和湘夫人的约会。他们的误会乃至不能见面源于一个时间差：湘君找到这儿，湘夫人还没来，然后湘君掉头走了，湘夫人跟着就到了。两个人都感到很难受。这表达了屈原自己的很多错位的经历和痛苦、无奈的感受，当然也有憧憬、渴望、期待，他觉得人生本来就有很多错位”(周建忠，《楚辞讲演录》)。

对于湘君、湘夫人到底指谁，各家有不同看法。有学者认为，湘君指尧的两个女儿，舜的两个妃子，也就是娥皇、女英。例如司马迁在《史记·秦始皇本纪》中的观点、刘向在《烈女传》中的观点。也有学者认为，湘夫人指尧的两个女儿，舜的两个妃子，也就是娥皇、女英，并据此推测湘君指舜，例如王逸在《楚辞章句》中的观点。还有学者认为，湘君指娥皇，湘夫人指女英，例如韩愈在

《黄陵庙碑》中的观点。后来，洪兴祖、朱熹、蒋骥等皆依从韩愈的说法。应该说，他们拘泥于将湘君、湘夫人按舜与二妃的传说一一指实，难免削足适履，并不符合作品的实际。而王夫之将湘君、湘夫人视为湘水的配偶神，而不专指谁，《楚辞通释》："盖湘君者，湘水之神，而夫人，其配也。"此说比较确切，值得信从。

从作品本身来看，《湘君》以湘夫人为第一人称，描写湘夫人对湘君的思念。湘夫人是女神，湘君为男神。全篇由女巫扮湘夫人独唱，表达了湘夫人因湘君未能如约前来而产生的失望、怀疑、哀伤、埋怨的复杂感情。首先，写湘夫人的期望。她祈盼湘君到来，但是湘君并未降临。然后，写湘夫人的寻找。她久等不至，便驾舟向北面寻找，结果依然不见湘君的踪影。接着，写湘夫人的反省。她失望至极，质疑湘君与自己"心不同""恩不深""交不忠""期不信"，就像在水中摘取薜荔、在树上摘取芙蓉，岂可得到对方的爱恋？最后，写湘夫人的回归。她重新回到约会地北渚，但仍然没有见到湘君，在极端失望中毅然将当初的定情之物抛入江中。

思考讨论

1. 有人认为《湘君》是以湘夫人为第一人称，表现湘夫人对湘君的思念；也有人认为《湘君》是以湘君为第一人称，表现湘君对湘夫人的思念；还有人认为《湘君》没有第一人称，是男女主人公的轮番对唱。对此，你有什么看法？

2. 请具体分析《湘君》中抒情主人公的心路历程。

湘夫人

帝子降兮北渚[1]，目眇眇兮愁予[2]。嫋嫋兮秋风[3]，洞庭波兮木叶下[4]。登白薠兮骋望[5]，与佳期兮夕张[6]。鸟萃兮蘋中[7]？罾何为兮木上[8]？沅有茝兮醴有兰，思公子兮未敢言[9]。荒忽兮远望[10]，观流水兮潺湲[11]。

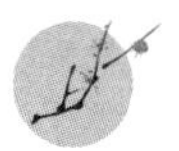

注释

[1]帝子：此处是湘君对湘夫人的称呼。　[2]眇眇（miǎo miǎo）：极目远眺而模糊不清的样子。愁：使……愁苦。　[3]嫋嫋（niǎo niǎo）：微弱而不断的样子。　[4]波：兴起水波，涌起波浪。　[5]白薠（fán）：香草名，一种秋生草。骋望：纵目远望。　[6]佳：佳人，此处指湘夫人。夕张：傍晚布置帷帐枕席。张：陈设，布置。　[7]鸟萃（cuì）：应作“鸟何萃”。洪兴祖《楚辞补注》：“一本‘萃’上有‘何’字。”萃：聚集。蘋：一种水草名。　[8]罾（zēng）：渔网。　[9]公子：此处是湘君对湘夫人的称呼。　[10]荒忽：迷茫怅惘的样子。　[11]潺湲（chán yuán）：水缓慢流动的样子。

译文

湘夫人已降临啊在这北面水中的小洲上，我极目远眺不见湘夫人啊使我愁苦非常。微弱而不断啊从远处吹来的秋风，洞庭湖涌起波浪啊树叶萧萧飘落。我登上长着白薠的高岸啊纵目远望，与湘夫人约会啊傍晚已经布置妥当。山鸟为何聚集啊在水草间？渔网为何张挂啊在树枝上？沅水有白芷啊澧水有幽兰，我思念湘夫人啊却不敢言。迷茫怅惘啊举目远眺，看到流水啊缓缓流淌。

麋何食兮庭中？蛟何为兮水裔[1]？朝驰余马兮江皋[2]，夕济兮西澨[3]。闻佳人兮召予[4]，将腾驾兮偕逝[5]。

注释

[1]水裔(yì)：水边。 [2]江皋(gāo)：江边的高地。 [3]济：渡过。澨(shì)：水边。 [4]佳人：此处是湘君对湘夫人的称呼。 [5]腾驾：飞腾起车驾。偕(xié)逝：一同前往，此处指与湘夫人一起生活。

译文

深山的麋鹿为何觅食啊在人家的庭院中？深海的蛟龙为何游玩啊在水边的浅滩上？早上驱驰我的马啊在江边的高地，傍晚我渡过江啊到了江水的西边。我听到湘夫人啊在深情召唤我，将飞腾起车驾啊与她共赴远方。

筑室兮水中，葺之兮荷盖[1]。荪壁兮紫坛[2]，番芳椒兮成堂[3]。桂栋兮兰橑[4]，辛夷楣兮药房[5]。网薜荔兮为帷[6]，擗蕙櫋兮既张[7]。白玉兮为镇[8]，疏石兰兮为芳[9]。芷葺兮荷屋[10]，缭之兮杜衡[11]。合百草兮实庭[12]，建芳馨兮庑门[13]。九嶷缤兮并迎[14]，灵之来兮如云[15]。

注释

[1]葺(qì):覆盖。荷盖:用荷叶覆盖屋顶。 [2]荪(sūn)壁:用荪草装饰室壁。紫坛:用坚滑而又光彩夺目的紫贝铺饰庭院。坛:庭院。 [3]番:通“播”,涂抹。椒:香木名。古人以木椒泥涂抹墙壁,认为可以避除恶气,使屋子充满温暖芳香。成:整个。 [4]桂栋:用桂木做屋梁。兰橑(liáo):用木兰做屋椽。 [5]辛夷楣:用辛夷木作门楣。辛夷:香木名。楣:门楣,门上的横梁。药房:用白芷叶装饰房间。药:白芷的叶子。 [6]网:编结。 [7]擗(pǐ):剖开。櫋(mián):屋檐。 [8]镇:压坐席的玉石。 [9]疏:散布,分散。石兰:山兰,一种兰草。 [10]荷屋:用荷叶覆盖的屋顶。 [11]缭:环绕。杜衡:香草名,俗名马蹄香。 [12]实:布满,充实。 [13]芳馨:泛指各种香花香草。庑(wǔ)门:厢房。 [14]九嶷:九嶷山,此处指九嶷山诸神。缤:众多的样子。 [15]灵:神灵。如云:如云般

众多的样子。

译文

我建造聚会的居室啊在水中，覆盖居室啊用荷叶覆盖屋顶。用荪草装饰室壁啊用紫贝铺饰庭院，用馨香的木椒泥涂抹好啊整个厅堂。用桂木做屋梁啊用木兰做屋椽，用辛夷做门楣啊用白芷叶装饰卧房。编结薜荔啊把它做成帐幔，剖开蕙草啊张挂在屋檐上。洁白的美玉啊把它作为压席子的器具，散布山兰啊把它作为散发芳香的饰物。加盖白芷啊在荷叶覆盖的屋顶上，环绕在居室的周围啊全部是杜衡。汇集各种香草啊充实整个庭院，陈设各色香花香草啊布满厢房。九嶷山神众多啊一起来迎，神灵下降啊如云朵般众多。

捐余袂兮江中[1]，遗余褋兮醴浦[2]。搴汀洲兮杜若[3]，将以遗兮远者[4]。时不可兮骤得[5]，聊逍遥兮容与[6]。

注释

[1]捐：抛弃。袂(mèi)：有里的外衣。　[2]遗(yí)：丢弃。褋(dié)：无里的内衣。　[3]汀(tīng)：水中的平地。
[4]以：用。遗(wèi)：赠送。远者：远方的人，此处指湘夫人。
[5]骤：屡次。　[6]容与：缓缓行进。

译文

把我的外衣丢弃啊到江水之中，把我的单衣遗弃啊在澧水之滨。在水中的平地摘取啊杜若，我将把它赠送啊给湘夫人。会面的时机不可能啊多得，我姑且徘徊啊缓缓地行进。

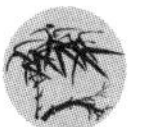

文史链接

湘夫人是湘君的配偶神。从作品本身来看，《湘夫人》是以湘君为第一人称，描写湘君对湘夫人的思念。戴震《屈原赋注》："此歌与《湘君》章法同，而构思各别。"全篇由男觋扮湘君独唱，表达了湘君因未能与湘夫人相见而产生的失望、幻想、绝望的复杂感情。

首先，写湘君期待会见湘夫人。开头四句，勾画出一幅深秋候人的图像，传达了深秋的悲凉与候人的失落，为全篇奠定了一种惆怅凄迷的情调。湘君一直在期待与湘夫人见面，结果却是思而不能见、思而未敢言。然后，写湘君出行寻找湘夫人。与《湘君》中湘夫人听到"告余以不闲"不同，《湘夫人》中湘君则听到"闻佳人兮召余"。但这是湘君因痴情而产生的幻觉。接着，写湘君幻想未来的生活。湘君幻想与湘夫人一起精心布置华美的居室；九嶷山诸神如云并集，共同出迎湘君与湘夫人，把那欢快的气氛推向高潮。最后，写湘君对湘夫人的绝望。当湘君从幻想中醒来时，才发现湘夫人终究没有到来。前面如此隆重的筑室之举，至此竟然大为扫兴，气氛也立刻由欢快变成哀伤。于是，湘君愤然将当初的定情之物"袂"和"褋"抛入江中。

篇中有两次写到反常现象。“鸟萃兮蘋中？罾何为兮木上？”山鸟本该在树上，却栖止在水草间，渔网本该在水中，却挂到了树枝上。两者错位颠倒了。“麋何食兮庭中？蛟何为兮水裔？”麋鹿本该在野外觅食，却到庭中吃草；蛟龙是雌性的，一般都潜伏在深渊中，只有雄性的龙才会到水边来侵犯人，可如今蛟龙却出现在浅水边。作者用这些不合情理的现象，暗示无法与湘夫人会合。

思考讨论

1.“嫋嫋兮秋风，洞庭波兮木叶下”两句被胡应麟的《诗薮》誉为“千古言秋之祖”。对此，你如何理解？

2.有人说《湘夫人》中湘君思念湘夫人而不得相见的爱情悲剧，就是屈原自己不为楚王所知的人生悲剧的曲折反映。钱锺书《管锥编》：“作者假神或巫之口吻，以抒一己之胸臆。忽合而一，忽分为二，合为吾我，分相尔彼，而隐约参乎神与巫之离坐离立者，又有屈子在，如玉之烟，如剑之气。”你同意这种观点吗？请谈谈你的理由。

少司命

秋兰兮麋芜[1]，罗生兮堂下[2]。绿叶兮素枝[3]，芳菲菲兮袭予[4]。夫人自有兮美子[5]，荪何以兮愁苦[6]？

注释

[1]蘼(mí)芜:香草名,又名芎藭(xiōng qióng)。　[2]罗:列,分布。堂:此处指祭祀的神堂。下:阶下。　[3]素:白色。枝:一作"华",通"花"。　[4]芳菲菲:芳香浓郁扑鼻的样子。袭:侵袭。　[5]夫(fú):发语词。美子:美好的孩子。
[6]荪:香草名,此处喻指少司命,他是专司人间生儿育女以及掌管儿童命运的神。何以:为何。

译文

从从的秋兰啊簇簇的蘼芜,并排长在祭祀神堂的阶下。绿色的叶子啊白色的花朵,浓郁的芳香啊阵阵袭向我。世人各自都有啊美好的孩子,少司命您为什么啊忧愁苦楚?

秋兰兮青青[1],绿叶兮紫茎。满堂兮美人[2],忽独与余兮目成[3]。入不言兮出不辞[4],乘回风兮载云旗[5]。悲莫悲兮生别离[6],乐莫乐兮新相知[7]!荷衣兮蕙带[8],倏而来兮忽而逝[9]。夕宿兮帝郊[10],君谁须兮云之际[11]?

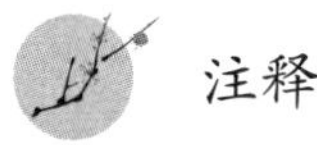

注释

[1]青青:通"菁菁(jīng jīng)",草木繁盛的样子。　[2]美

人:此处指少司命。　[3]目成:此处指眉目传情,两情相悦。　[4]辞:告辞,告别。　[5]回风:旋风。云旗:把云作为旌旗。　[6]生别离:生生离别,活活的分开。　[7]新相知:新近的相交。　[8]荷衣:用荷叶做成的衣服。蕙带:用蕙草做成的衣带。　[9]倏:迅速。逝:离去。　[10]帝郊:天都的郊野。　[11]君:此处指少司命。谁须:"须谁"的倒装,等待谁。须:等待。

译文

从丛的秋兰啊可真是茂盛,绿色的叶子啊紫色的茎干。芳香满堂啊有一位美人少司命,您竟忽然独自与我啊眉目传情。您来时不说话啊去时也不告别,乘着旋风啊载着云旗飘然远去。悲痛得不能再悲痛啊生生的别离,快乐得不能再快乐啊新近的结交!您穿着用荷叶做成的衣服啊系着用蕙草织成的衣带,突然地来到了我的眼前啊却又忽然地离我而去别处。傍晚留宿啊在天都的郊野,您等待谁啊在云彩的边际?

与女沐兮咸池[1],晞女发兮阳之阿[2]。望美人兮未来[3],临风怳兮浩歌[4]。

注释

[1]沐:洗头发。咸池:传说中太阳洗澡的水域。　[2]晞(xī):晒干。阳之阿:此处指传说中日出的旸(yáng)谷。阿:弯曲的地方。　[3]美人:此处指少司命。　[4]怳(huǎng):怅惘

失意的样子。浩歌:大声放歌。

译文

等待您一起洗发啊在咸池,把您的秀发晾干啊在旸谷。盼望着少司命啊您却没来,迎着暴风惆怅啊大声放歌。

孔盖兮翠旌[1],登九天兮抚彗星[2]。竦长剑兮拥幼艾[3],荪独宜兮为民正[4]。

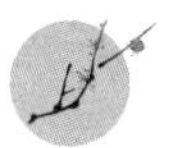

注释

[1]孔盖:孔雀翎毛装饰的车盖。翠旌(jīng):翠鸟羽毛做成的旌旗。　[2]抚:控驭,握持。彗星:即扫帚星,传说扫帚星为妖星,给人们带来灾殃。　[3]竦(sǒng):挺出,高举。拥:保护。幼艾:此处泛指儿童。　[4]荪:香草名,此处指少司命。民正:民众的主宰。正:古人对长官的称呼。

译文

孔雀翎毛做车盖啊翠鸟羽毛做旌旗,您已登上了那九天啊控驭住了彗星。高举着长剑啊保护着世间的儿童,少司命唯您合适啊做民众的主宰。

文史链接

“司命”一词，在古籍中多处出现。但以“大司命”“少司命”而分之为二，当首见于《楚辞》。大司命、少司命，都是古人所祀之神。大概到秦汉时，他们被附会为星宿的命名。大司命，一般认为是掌管人间寿命的神。

关于少司命的职掌，历来有不同看法。归纳起来，主要有三种观点：一是主灾祥说，如戴震《屈原赋注》；二是主婚恋说，如蒋骥《山带阁注楚辞》；三是主子嗣说，如王夫之《楚辞通释》。从作品本身来看，少司命应当是主子嗣的神。“夫人自有兮美子，荪何以兮愁苦”句中的“美子”，以及“竦长剑兮拥幼艾，荪独宜兮为民正”句中的“幼艾”，都是子嗣，据此可知少司命的职掌。

但少司命到底是男神还是女神，学术界有不同看法。我们认为，少司命应该是女神，即民间所谓的“送子娘娘”。她一出场就是绿叶素枝、芳香扑鼻，给人柔美温婉的印象。蒋骥《山带阁注楚辞》：“《大司命》之辞肃，《少司命》之辞昵。”这或许跟大司命是男神、少司命是女神密不可分。

此篇由男觋扮祭祀者独唱，由女巫扮少司命登场。首写自己看见少司命登场时的情景，并劝慰少司命不要这般忧愁苦楚。次写自己与少司命从相知到离别、从离别到生疑的过程，内心无比惆怅。“满堂兮美人，忽独与余兮目成”，是“新相知”之乐；“入不言兮出不辞，乘回风兮载云旗”，是“生别离”之苦；“夕宿兮帝郊，君谁须兮云之际”，是“疑而不定之词”（林云铭，《楚辞灯》）。再写自己对少司命的追慕，幻想自己陪她游河、洗发、晒发，结果却没见她回到自己身边，不禁长歌当哭。末写自己对少司命的由衷赞颂,并盼望她能为万民主宰。

思考讨论

1.有人认为少司命是男神,也有人认为少司命是女神。对此,你有什么看法?

2.有人认为少司命是主灾祥的神,也有人认为少司命是主婚恋的神,还有人认为少司命是主子嗣的神。请谈谈你的观点。

3.“悲莫悲兮生别离,乐莫乐兮新相知”两句被王世贞《艺苑卮言》誉为“千古情语之祖”。对此,你如何理解?

河　伯

与女游兮九河[1],冲风起兮横波[2]。乘水车兮荷盖[3],驾两龙兮骖螭[4]。

注释

[1]女:通“汝”,你,此处指与河伯相爱的女神。九河:此处指黄河。　[2]冲风:旋风,暴风。横波:横冲直撞的狂波。[3]水车:此处指河伯乘坐的车,可往来于水面。荷盖:把荷叶做成车盖。　[4]骖螭(cān chī):此处指把螭作为骖。骖:古代用四匹马驾车,位于车两边的马被称为骖。螭:无角的龙。

译文

等待和你一起畅游啊在黄河，旋风吹起啊横冲直撞的狂波。乘坐水车啊以荷叶为车盖，驾驭两龙啊把螭作为骖。

登昆仑兮四望[1]，心飞扬兮浩荡[2]。日将暮兮怅忘归[3]，惟极浦兮寤怀[4]。鱼鳞屋兮龙堂[5]，紫贝阙兮朱宫[6]，灵何为兮水中[7]？

注释

[1]昆仑：山名，神话中一座上通于天的神山。　[2]浩荡：水势广大无边的样子，此处指心胸开阔的样子。　[3]怅：应作“憺”(dàn)，内心欢畅的样子。　[4]惟：思，想。极浦：遥远的水岸。寤怀：醒悟而思念。　[5]鱼鳞屋：鱼鳞做成的屋子。龙堂：龙鳞做成的厅堂。　[6]紫贝阙(què)：紫贝做成的望台。阙：宫门前两旁供人瞭望的楼阁。朱宫：一作“珠宫”，珍珠做成的宫室。　[7]灵：神灵，此处指与河伯相爱的女神。

译文

登上昆仑啊纵目四望，心潮澎湃啊心胸开阔。时间已将近黄昏啊我却内心欢畅得忘了归返，想到那遥远的水岸啊我忽然觉悟而思念不已。鱼鳞做成的屋子啊龙鳞做成的厅堂，紫贝做成的望台啊珍珠做成的宫室，神灵为什么啊竟然喜欢居住在水中？

乘白鼋兮逐文鱼[1],与女游兮河之渚[2],流澌纷兮将来下[3]。子交手兮东行[4],送美人兮南浦[5]。波滔滔兮来迎[6],鱼邻邻兮媵予[7]。

注释

[1]鼋(yuán):鳖。文鱼:鲤鱼。　[2]女:通"汝",你,此处指与河伯相爱的女神。　[3]流澌(sī):流动的浮冰。澌:应作"凘"。　[4]子:你,此处指与河伯相爱的女神。交手:握手,表示送别。　[5]美人:此处指与河伯相爱的女神。南浦:水滨的南面。　[6]滔滔:波涛滚滚的样子,一作"鳞鳞"。
[7]邻邻:众多的样子,一作"鳞鳞"。媵(yìng):陪嫁的人,此处指陪送。

译文

乘驾着白鳖啊追随着鲤鱼,和你畅游啊在水中的小洲,流动的浮冰纷纷啊涌下来。你与我握手告别啊一路东行,我送走美人啊在水滨的南面。波涛滚滚啊前来迎接你,鱼儿成群啊陪送我回去。

文史链接

河伯是黄河之神。在先秦典籍中,"河"一般不会泛指,而是特指黄河。黄河位于北方,不在楚国境内。按照古代礼制,诸侯国只祭祀其境内的山川神灵。据《左传·哀公六年》记载,楚昭王有病,卜者曰“河为祟”,然楚昭王不祭,曰:“三代命祀,祭不越望。”但这并不意味着所有楚人都不祭祀黄河。事实上,早在春秋时期,楚人就有祭祀黄河的先例。邲之战(公元前 597 年)时,楚晋战于河边,楚胜。临退兵前,楚人“祀于河,作先君宫,告成事而还”(《左传·宣公十二年》)。到了战国时期,楚国的疆域不断扩展,接近于黄河的南面,故楚人祭祀黄河,也就不再像过去那样受传统礼制的限制。且从《河伯》“与汝游兮九河”句来看,河伯也应指黄河之神。所谓“九河”,是黄河下游水系的统称。传说大禹治黄河洪水时,为了泄导洪水,自孟津以下,分九条河道。

《天问》:“帝降夷羿,革孽夏民。胡射夫河伯,而妻彼雒嫔。”意思是说,善射的羿射伤了河伯,与河伯的妻子雒嫔发生了男女关系。由此可知,《河伯》中“女”(汝)或“美人”,就是指河伯的妻子洛嫔,即洛水女神。

此篇由男觋扮河伯独唱,由女巫扮洛嫔登场。首写河伯欲与洛嫔同乘水车,驾龙而游。次写河伯登昆仑,热切盼望洛嫔的归来,结果在失望中想到了洛嫔那装饰繁盛的居处。末写河伯终于迎来洛嫔,与她同游同乐,但洛嫔来而忽去,故河伯在南浦中送走了洛嫔。后世“送别南浦”“南浦美人”的典故,就出自此篇。

思考讨论

1. 陈本礼《屈辞精义》:“屈原此篇,盖以河伯比当时贤士隐于河上如甘盘者,欲求其出而与之共事楚,而不得之作也。”你认同此种说法吗?请谈谈你的看法。

2.有人认为《河伯》中的抒情主人公是河伯,也有人认为《河伯》中的抒情主人公是河伯的恋人。对此,你如何理解?

山 鬼

若有人兮山之阿[1],被薜荔兮带女萝[2]。既含睇兮又宜笑[3],子慕予兮善窈窕[4]。乘赤豹兮从文狸[5],辛夷车兮结桂旗[6]。被石兰兮带杜蘅[7],折芳馨兮遗所思[8]。

注释

[1]人:此处指山鬼。阿(ē):屈曲的地方。　　[2]被(pī):通“披”。带:以……为衣带。女萝:一种地衣类植物。　　[3]含睇(dì):含情脉脉地微微斜视。宜笑:笑容美好可亲的样子。　　[4]子:你,此处指山鬼所爱的人。予:我,此处指山鬼。善窈窕:姿态美好的样子。　　[5]赤豹:赤褐色有斑纹的豹子。文狸:有花纹的狸。　　[6]辛夷车:用辛夷木做成车子。结桂旗:用桂树枝叶编织成旗帜。　　[7]被(pī):通“披”。石兰:香草名。　　[8]芳馨:芳香,此处指香花香草。遗(wèi):赠送。

译文

我仿佛飘忽啊在山的幽深弯曲处，身上披着薜荔啊又以女萝为衣带。我含情脉脉地斜视啊笑容美好可亲，你原是爱慕我啊因为我的姿态美好。我驾着赤豹驾的车啊让文狸做随从，用辛夷木做车啊用桂树枝叶编成旗帜。我身上披着石兰啊以杜蘅为腰带，采撷香花香草啊赠给我思慕的人。

余处幽篁兮终不见天[1]，路险难兮独后来[2]。表独立兮山之上[3]，云容容兮而在下[4]。杳冥冥兮羌昼晦[5]，东风飘兮神灵雨[6]。留灵修兮憺忘归[7]，岁既晏兮孰华予[8]？采三秀兮於山间[9]，石磊磊兮葛蔓蔓[10]。怨公子兮怅忘归[11]，君思我兮不得闲[12]。

注释

[1]余：此处为山鬼自称。幽篁（huáng）：此处指竹林的幽深处。篁：竹林。　[2]后来：迟到，晚来。　[3]表：独特突出的样子，卓然独立的样子。　[4]容容：通“溶溶”，云气涌动起伏的样子。　[5]杳（yǎo）：深远。冥冥：幽暗无光的样子。羌（qiāng）：楚方言，发语词。晦：黑暗。　[6]飘：吹。神灵：此处指雨神。雨：降雨，下雨。　[7]留：为……而滞留。灵修：此处

指山鬼所爱的人。憺(dàn):安心的样子。　[8]晏:晚。孰:谁。华予:使我青春美好。华:使……青春美好。　[9]三秀:香草名,灵芝。灵芝一年开三次花,故称"三秀"。於山:即巫山。[10]磊磊:山石攒聚堆积的样子。葛:一种藤本蔓生植物。蔓蔓:藤茎缠绕的样子。　[11]公子:此处指山鬼所爱的人。[12]君:此处指山鬼所爱的人。

译文

我住在竹林深处啊终日不见天日,路途艰险困阻啊因此姗姗来迟。我卓然独立啊在高山之巅上,云海汹涌起伏啊涌动在脚下。山里幽暗啊即使白天也黑暗无光,东风吹起啊雨神把雨点纷纷降下。为你而滞留啊内心欢畅地忘了归去,年岁已迟啊谁能使我重返青春美好?我奔走巫山间啊采摘灵芝,山石攒聚堆积啊葛藤缠绕。我怨恨你啊惆怅得忘了回家,你也许想念我啊却不得空闲。

山中人兮芳杜若[1],饮石泉兮荫松柏[2],君思我兮然疑作[3]。雷填填兮雨冥冥[4],猿啾啾兮又夜鸣[5]。风飒飒兮木萧萧[6],思公子兮徒离忧[7]。

注释

[1]山中人:此处指山鬼。芳杜若:像杜若一样芳香。[2]饮石泉:饮用山石间流出的清泉。荫松柏:以松柏来遮阴。

荫:荫庇,遮荫。　[3]君:此处指山鬼所爱的人。然疑作:信疑参半。然:肯定。疑:怀疑。作:产生。　[4]填填:雷声。

[5]啾啾(jiū jiū):猿发出的声音。又:长尾猿,一作“狖”(yòu)。

[6]飒飒(sà sà):风声。萧萧:风吹树木时枝叶发出的声音。

[7]公子:此处指山鬼所爱的人。离:通“罹”,遭遇。

译文

我这个山中人啊就像那杜若一样芳香,饮用那山石间的清泉啊以松柏来遮荫,你是否真的想念我啊我却是半信半疑。雷声轰隆隆啊阴雨蒙蒙,猿啼啾啾啊深夜哀鸣。风声飒飒地响着啊树木萧萧,我思念你啊白白地招来忧愁。

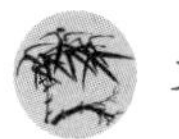

文史链接

古人常常鬼神不分,有时将“神”称作“鬼”。何晏在《论语集解》中引郑玄注:“人神曰鬼。”《广雅·释天》:“物神谓之鬼。”因此,山鬼就是山神。那么,山鬼到底指谁呢?洪兴祖在《楚辞补注》中认为,山鬼是山中的灵怪。但从此篇内容上看,山鬼应指楚地的巫山神女。早在清代,顾天成在《九歌解》中就推测山鬼为楚襄王所梦到的巫山神女姚姬(也作瑶姬)。后来,郭沫若在《屈原赋今译》中又补证此说,认为《山鬼》“采三秀兮於山间”句中的“於山”即“巫山”,“於”与“巫”古音通转,因此山鬼就是巫山神女。况且,此篇的主人公就是一位含情脉脉、笑容可掬、身形窈窕的美丽女子,这也有力地证明了山鬼就是巫山神女。

此篇由女巫扮山鬼独唱，写山鬼对意中人的思念和哀怨。首先，写山鬼容颜俏丽，装束华美，欢快赴约，急切期盼与意中人相见。然后，写山鬼因路途崎岖而迟到，结果没有见到意中人，欢快的情绪立马烟消云散，陷入无限哀愁的情绪。但她仍然还抱有一丝希冀，开始在山林间寻找，同时在山间采食灵芝，以求青春长驻。最后，写山鬼强调自己还是那个芳香如故的“山中人”，既自赞又自怜，此时她的心理发生了变化，由“君思我兮然疑作”转入到“思公子兮徒离忧”。

此篇善于缘情入景，以景衬情。首先，山鬼刚出场时虽没有交代天气，但她所佩戴的香草已隐约透露出景物的优美；接着，山鬼看到情人失约，心情顿时蒙上阴影，而景物也逐渐变得黯然失色，云雾弥漫、昼晦风起，给人以山雨欲来之感；最后，在确认情人终于不来时，已是一片凄厉的景色，雷声隆隆，阴雨连绵，风声飒飒，树叶飘零，给人以清冷绝望之感。

思考讨论

1.陈本礼《屈辞精义》：“此屈子被放山中寂寥，自写幽怀，岂其为祀鬼设耶？然写鬼之求悦人及鬼之归来山中，诙谐世故不少。”你赞同这种观点吗？请谈谈你的想法。

2.请你举例分析作者运用了哪些写作手法来塑造山鬼形象。

国殇

操吴戈兮被犀甲[1]，车错毂兮短兵接[2]。旌蔽日兮敌若云[3]，矢交坠兮士争先[4]。凌余阵兮躐余行[5]，左骖殪兮右刃伤[6]。霾两轮兮絷四马[7]，援玉枹兮击鸣鼓[8]。天时坠兮威灵怒[9]，严杀尽兮弃原野[10]。

注释

[1]吴戈:吴地所出产的戈,以锋利著名。戈:古代一种横刃长柄武器。被(pī):通“披”。犀(xī)甲:用犀牛皮制成的铠甲。甲:铠甲,古代军人打仗时所穿的用于防护的衣服。　[2]错:交错。毂(gǔ):车轮中心用于插轴的地方。短兵:刀剑一类的用于短距离厮杀的短兵器。　[3]旌(jīng):旗杆顶端装饰有羽毛的旗。　[4]矢(shǐ):箭。交坠:交互坠落。士:此处指楚国的将士们。　[5]凌:侵犯。躐(liè):踩踏,践踏。行(háng):行列,队伍。　[6]殪(yì):死。刃伤:此处指被兵刃所伤。　[7]霾:通“埋”。絷(zhí):用绳子缚住。　[8]援:拿起。玉枹(fú):此处指用美玉装嵌的鼓槌。枹:通“桴”,鼓槌。鸣鼓:此处指声音响亮的战鼓。　[9]坠:坠落,此处指天时不利。威灵:威严的神灵。　[10]严杀:严酷的激战厮杀。尽:终止。弃:此处指弃尸。

译文

手持着吴戈啊身披着犀甲，敌我战车交错啊短兵相接。战场上的旌旗遮蔽着太阳啊敌兵如云般盛多，流矢交互坠落啊楚国的将士们都争着向前冲。敌人侵犯我军战阵啊又践踏我军行列，左边骖马战死啊右边骖马被兵刃所伤。掩埋了两车轮啊紧勒住了马缰，擂起玉饰的鼓槌啊战鼓震天响。天时不利啊阵亡将士们的威武灵魂仍愤怒不屈，严酷的激战斯杀已经终止啊将士们弃尸于原野。

出不入兮往不反[1]，平原忽兮路超远[2]。带长剑兮挟秦弓[3]，首身离兮心不惩[4]。诚既勇兮又以武[5]，终刚强兮不可凌[6]。身既死兮神以灵[7]，子魂魄兮为鬼雄[8]。

注释

[1]出：出征。入：此处指生还。反：通“返”，返回。[2]忽：恍惚，不明的样子。超：远。　　[3]带：佩带。挟(xié)：夹持在胳膊底下。秦弓：秦地制造的精良之弓。　　[4]惩：受惩戒而改变。　　[5]诚：诚然，实在。以：有　　[6]终：始终。[7]以：因此。灵：灵验，显扬。　　[8]子：你们，此处指楚国阵亡的将士们。鬼雄：神鬼中的英雄。

译文

楚国的将士们出征没有生还啊一去不返，平原迷茫不清啊战场的路途又那么遥远。将士们佩带着长剑啊又夹持着秦弓，身首异处啊心志却不受惩戒而改变。将士们诚然既勇敢啊又身怀武艺，始终刚直坚强啊不可被敌人侵犯。将士们躯体虽已死啊但精神却因此显扬，你们的忠魂义魄啊化作神鬼中的英雄。

文史链接

刘熙《释名·释丧制》："殇，伤也，可哀伤也。"戴震在《屈原赋注》中指出，或在外死者叫做殇(shāng)，或男女未冠笄而死者叫做殇。国殇，就是为国牺牲的将士。

楚怀王十七年春，楚国与秦国在丹阳(今陕西、河南交界处的丹江以北地区)发生战争，结果秦国大败楚国，斩杀甲士八万，俘虏楚国大将军屈匄(gài)、裨将军逢侯丑等七十余人，夺取楚国的汉中郡。楚怀王大怒，乃尽全国兵力再次攻打秦国，结果秦国在蓝田(今陕西蓝田西)，又再次大败楚国。屈原大概是在这样的历史背景下创作《国殇》，既哀悼那些为国牺牲的将士，又赞颂他们为国慷慨捐躯的精神；既安抚那些征战未归的亡魂，又鼓舞人们复仇的斗志。徐志啸《诗经楚辞选评》："诗篇透出的是作者屈原高度赤烈的爱国爱民的深挚感情，我们从中可一窥诗人屈原激烈跳动的爱国之心。"此论甚为确切。

此篇由女巫扮祭祀者独唱，由男觋扮为国牺牲的将士登场，描摹了一场敌众我寡、以失败告终的战争。先叙敌我双方激烈车战、残酷厮杀的战争场面，以及将士不畏强敌、前仆后继的战争过程。后颂将士奋勇杀敌、刚强不屈的英雄气概，以及忠贞报国、视死如归的爱国精神，把作者对将士的崇敬之情推向高潮，从而大大增强了作品的悲壮美。陆时雍《楚辞疏》："《国殇》，字字干戈，语语剑戟，左旋右转，真有步伐止齐之象。'带长剑兮挟秦弓，首身离兮心不惩'，鬼何其雄！"而李清照《夏日绝句》中的"生当作人杰，死亦为鬼雄"两句，也是从《国殇》化用而来。

思考讨论

1. 周拱辰《离骚草木史》："此篇凄楚敢决，字字悲壮，如闻胡笳声，令人泣下，亦令人起舞。"请你谈谈对此说法的理解。

2. 有人认为，对那些战败的将士，《国殇》不只是悼亡，更是颂赞。对此，你有何看法？

第三章　天　问

曰：遂古之初[1]，谁传道之[2]？上下未形[3]，何由考之[4]？冥昭瞢闇[5]，谁能极之[6]？冯翼惟像[7]，何以识之[8]？明明闇闇[9]，惟时何为[10]？阴阳三合[11]，何本何化[12]？

注释

[1]曰：发问词，请问。遂古：远古。遂：通“邃”，深远。初：初态，始生的状态。　[2]传道：传说。之：它，即上文的“遂古之初”。　[3]上：天。下：地。形：形成。　[4]何由：“由何”的倒装，根据什么。考：稽考，考察。之：它，即上文的“上下未形”。　[5]冥（míng）：昏暗，此处指夜。昭：光明，此处指昼。瞢闇（méng àn）：混沌暗昧。闇：通“暗”。　[6]极：穷极，穷究。之：它，即上文的“冥昭瞢闇”。　[7]冯（píng）翼：气充满浮动的样子。冯：通“凭”，楚方言，满。惟：通“唯”，只。像：通“象”，现象，景象。[8]何以：用什么。之：它，即上文的“冯翼惟像”。　[9]明：光明，此处指昼。闇：通“暗”，昏暗，此处指夜。　[10]惟：发语

词。为:化为,形成。　　[11]三合:阴、阳、天三者结合。古人认为统阴阳之上还有一个本体,或称天,或称一,或称冲气。《春秋谷梁传·庄公三年》:“独阴不生,独阳不生,独天不生,三合然后生。”　　[12]本:本源,起源。

译文

请问:远古始生的状态,是谁把它传说下来的?那时天地还没有形成,又根据什么来考察它?那时昼夜不分、混沌暗昧,又有谁能把它探究明白?那时只有大气充盈浮动的景象,又是凭借什么来把它识别清楚?白昼明亮而夜间昏暗,这光景是怎么形成的?阴、阳、天三者结合而化生万物,究竟哪个是本源哪个是演化的呢?

圜则九重[1],孰营度之[2]?惟兹何功[3],孰初作之[4]?斡维焉系[5]?天极焉加[6]?八柱何当[7]?东南何亏?九天之际[8],安放安属[9]?隅隈多有[10],谁知其数[11]?

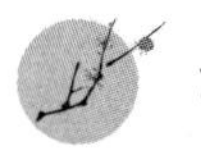

注释

[1]圜:通“圆”,此处指天,古人认为天圆地方。则:语助词。九重:九层,古人认为天有九层。　　[2]孰:谁。度(duó):测度,度量。之:它,即上文的“圜则九重”。　　[3]兹:此。何功:何等

功业。 [4]之：它，即上文的“圜则九重”。 [5]斡（wò）：旋转，此处指天体昼夜旋转。维：绳子。焉：怎么。系：系结。传说天是由大绳系结在枢轴上而旋转的。 [6]天极：天的顶端，相当于天体旋转的中心轴。加：安放。 [7]八柱：八根天柱。古人认为天有八座山作擎柱。当（dāng）：担当，支撑。 [8]九天：九重天。 [9]安：怎样。属（zhǔ）：连接。 [10]隅（yú）：角落。隈（wēi）：弯曲处。 [11]数：数目。

译文

圆圆的天体共有九层，是谁把它测度出来的？这是何等的功业，是谁开始兴建它？旋转的天体上绳索是怎么系结上的？天体的中心轴又是怎么安放的呢？八根天柱是如何支撑着上天？大地的东南方向又为何倾塌？九层天的此层彼层之间，它们怎样放置怎样连接？上天有很多角落和弯曲处，又有谁能知道它们的数目？

天何所沓[1]？十二焉分[2]？日月安属[3]？列星安陈[4]？出自汤谷[5]，次于蒙汜[6]；自明及晦[7]，所行几里[8]？夜光何德[9]，死则又育[10]？厥利维何[11]，而顾菟在腹[12]？

注释

[1]沓（tà）：会合。 [2]十二：十二辰，指黄道周天的十二

等分。焉:怎么。　[3]属(zhǔ):连接,此处指附着于天空。　[4]列星:众星。　[5]汤(yáng)谷:旸(yáng)谷,地名,神话中太阳从东方升起的地方。　[6]蒙汜(sì):一称蒙谷,地名,神话中是太阳在西方止息的地方。　[7]明:明亮,此处指天亮。及:到。晦:黑暗,此处指天黑。　[8]所行:行程。　[9]夜光:月亮。　[10]育:生,此处指月亮每月从逐渐消失到重新出现。　[11]厥:其,指月亮。利:好处。维:表示判断,相当于"乃""是"。　[12]顾菟:月中之兔。菟:通"兔"。古人认为月中有黑影,是月兔在捣药。

译文

天空与地面在哪里会合?黄道十二辰又怎么划分?太阳和月亮怎样附着于天空?众星怎样有序地陈列于天空?太阳从旸谷出发,到蒙汜停歇下来;从天亮到天黑,行程有多少里?月亮又有什么美好的德行,每月逐渐消失又重新出现?它的好处究竟是什么,兔子愿意待在它腹中?

女岐无合[1],夫焉取九子[2]?伯强何处[3]?惠气安在[4]?何阖而晦[5]?何开而明?角宿未旦[6],曜灵安藏[7]?

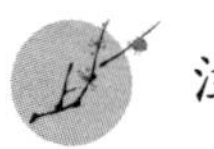

注释

[1]女岐:神女。合:婚配结合。　[2]夫:发语词。取:得。

[3]伯强:厉风之神。 [4]惠气:祥瑞的和风。古人有时称风为气。安:哪里。 [5]阖(hé):关闭。 [6]角宿(xiù):星名,二十八宿之一,清晨位于东方,此处喻指东方。 [7]曜(yào)灵:太阳。

译文

女岐没有婚配结合,怎么生出九个儿子?厉风之神伯强住在哪里?祥瑞的和风又出自何方?为什么天门关闭就黑暗?为什么天门开启就明亮?东方还没有亮的时候,太阳又藏在什么地方?

不任汩鸿[1],师何以尚之[2]?佥曰何忧[3],何不课而行之[4]?鸱龟曳衔[5],鲧何听焉[6]?顺欲成功[7],帝何刑焉[8]?

注释

[1]任:胜任。汩(gǔ):治理。鸿:通“洪”,洪水。 [2]师:众人。尚:推举,选举。之:他,此处指下文的“鲧”(gǔn)。鲧同“鲧”,夏禹的父亲,神话中治理洪水的人物。 [3]佥(qiān):皆,都。何忧:何必担忧。 [4]课:考察。之:它,此处指治水。相传唐尧时洪水滔天,一些诸侯推荐鲧去治水,尧起初不同意,但在众人劝说之下,尧同意了。 [5]鸱(chī):猫头鹰一类的鸟。长沙马王堆汉墓出土帛画有一鸱鸺立龟背,而龟正从水中爬向高

处，或寓意鸱、龟相助。曳(yè)：拖，牵引。　[6]焉：于是，于此。　[7]顺欲：此处指顺从命令。欲：想。　[8]帝：帝尧。刑：惩罚。

译文

鲧不能胜任治理洪水，众人又为什么推举他？当众人都劝说尧何必担忧的时候，尧为何不考察他尔后再进行治水？鸱、龟衔草木、拖泥石示意筑堤，鲧为何听从于它们的这种做法？鲧顺从命令想治水成功，尧又为什么要惩罚于他？

永遏在羽山[1]，夫何三年不施[2]？伯禹愎鲧[3]，夫何以变化[4]？纂就前绪[5]，遂成考功[6]；何续初继业[7]，而厥谋不同[8]？

注释

[1]永：长久。遏：拘禁，禁闭。羽山：神话中的山名，相传在东海之滨。　[2]三年：表示多年。施：通“弛”，解除。

[3]伯禹：夏禹。禹称帝前曾被封为夏伯，故称“伯禹”。愎：洪兴祖在《楚辞补注》中引一本作“腹”，当从。相传禹是鲧死后从鲧的肚子里剖生出来的。《山海经·海内经》：“鲧復(腹)生禹”，“伯禹腹鲧”，反映了人类原始社会从母系过渡到父系的“产翁制”。所谓“产翁制”，就是母亲生孩子，父亲坐月子。妇女在分娩以后，自己不坐月子，往往活动如常，而由丈夫坐床卧褥，好像孩子是他刚

生的一样。　[4]何以：为什么。　[5]纂(zuǎn)：继续。就：从事。前：前辈，此处指鲧。绪：余绪，余业。　[6]考：对亡父的尊称。[7]续初：继承父亲的初志。继业：承续父亲的事业。[8]厥：其，此处指禹。谋：谋略，办法。

译文

尧长期把鲧拘禁在羽山之野，为何过了多年还不解除拘禁？禹从鲧的腹中剖生出来，为什么会有这样的变化？禹继续从事着鲧治洪水的余业，终于完成了他父亲未竟的功业；为何继承他父亲的初志和事业，他采取的办法却不一样？

洪泉极深[1]，何以窴之[2]？地方九则[3]，何以坟之[4]？应龙何画[5]，河海何历[6]？鲧何所营[7]？禹何所成[8]？康回冯怒[9]，坠何故以东南倾[10]？

注释

[1]洪泉：洪水的源泉。　[2]何以：用什么。窴：通“填”，填塞。之：它，即上文的“洪泉”。　[3]方：分。九则：九等。传说夏禹治水后将全国土地分为九等，按照各地不同的生产条件征收赋税。则：等。　[4]何以：用什么。坟：划分。之：它，即上文的“地”。　[5]应龙：有翅翼的龙。传说应龙以尾划地，夏禹就依据它划过的地方挖通江河，将洪水排泄出去。　[6]历：经历，此处指疏通。　[7]营：经营。　[8]成：成就。

[9]康回：共工之名。传说共工和颛顼争夺部族领导权，共工怒触不周山，天柱折，地维断，故大地的东南角倾斜。冯：通“凭”，满，盛。　[10]坠：“地”的古字。

译文

洪水的源泉极深，鲧用什么填塞它？土地被分为九等，禹用什么划分它？应龙是如何用尾巴划地而开出河道的？河海是怎样经过那些地方而被疏通的？鲧怎样治理洪水？禹如何成功治水？共工一时发怒触撞不周山，大地为何因此向东南倾斜？

九州安错[1]？川谷何洿[2]？东流不溢[3]，孰知其故[4]？东西南北，其修孰多[5]？南北顺椭[6]，其衍几何[7]？昆仑县圃[8]，其尻安在[9]？增城九重[10]，其高几里？四方之门，其谁从焉[11]？西北辟启[12]，何气通焉[13]？

注释

[1]安：怎样。错：通“措”，安置，设置。　[2]洿(wū)：深。　[3]溢：满溢。　[4]故：原因。　[5]孰：哪个。　[6]顺：陈列。椭：狭而长。　[7]衍：余，超出。古人或以为南北距离比东西短，或以为南北距离比东西长。屈原赞同后一说。　[8]昆仑：山名，神话中一座上通于天的神山。县(xuán)圃：地名，

在昆仑山上。县:通“悬”。　　[9]凥:“居”的古字,处所,居所。[10]增城:地名,在昆仑山上。重(chóng):层。　　[11]从:由,出入。[12]辟启:同义复词,开启。　　[13]气:风。传说西北有不周山,《淮南子·地形训》:“北门开以纳不周之气。”

译文

九州是怎样安置的?川谷为什么这么深?水东流入海而不满溢,谁知道这其中的缘故?大地从东到西与从南到北,它们的长度哪一个更多些?大地南北陈列成为一个狭而长的形体,其超出大地东西距离的长度又为多少?昆仑山上的县圃,其处所又在哪里?增城共有九层,其高度有几里?昆仑山上四方的门,又有谁从那里出入?西北方的门开启着,什么风从那里通过?

日安不到?烛龙何照[1]?羲和之未扬[2],若华何光[3]?何所冬暖?何所夏寒?

注释

[1]烛龙:神名,居于西北方。相传他双目能发光,睁开眼就是白昼,闭上眼就是黑夜。　　[2]羲和:给太阳驾车的神。扬:扬鞭启程。　　[3]若华:若木的花。若:若木,神木名,长在日落的地方,能发出光芒。华:通“花”。

译文

太阳哪里照不到？烛龙何必去照亮？羲和还没有扬鞭启程，若木的花怎么会发光？什么地方冬天温暖？什么地方夏天寒冷？

焉有石林？何兽能言？焉有虬龙[1]，负熊以游[2]？雄虺九首[3]，倏忽[4]焉在？何所不死？长人何守[5]？靡蓱九衢[6]，枲华安居[7]？一蛇吞象，厥大何如？

注释

[1]虬(qiú)龙:无角的龙。 [2]负:背负,背驮。 [3]雄:大。虺(huǐ):毒蛇名。 [4]倏(shū)忽:倏忽,迅速的样子。 [5]长人:传说中的巨人。 [6]靡蓱:茎叶蔓延的浮萍。靡:蔓延。蓱:通“萍”。衢(qú):分叉。 [7]枲(xǐ)华:枲麻的花。华:通“花”。

译文

哪里有成片的石林？什么野兽能够说话？哪里有无角的龙，背驮着熊而出游？神异的大毒蛇有九个头，往来迅速它究竟在哪里？什么地方有长生不死的人？巨人又为什么守卫在那里？茎叶蔓延的浮萍有九个分叉，枲麻的花又生长在什么地方？一条大巴蛇能吞下一头大象，它的形状究竟大到什么模样？

黑水玄趾[1]，三危安在[2]？延年不死，寿何所止[3]？鲮鱼何所[4]？鬿堆焉处[5]？羿焉彃日[6]？乌焉解羽[7]？

注释

[1]黑水：水名，发源于昆仑山。玄：使……黑。趾：脚。[2]三危：山名，在黑水之南。[3]止：至。传说用黑水之藻、三危之露可以长寿。[4]鲮(líng)鱼：传说中生在海里的一种人面、人手、鱼身的怪鱼。[5]鬿(qí)堆：鬿雀，传说中一种吃人的鸡形、白头、鼠脚的怪鸟。[6]羿(yì)：后羿，夏代部落有穷氏的首领。相传后羿善射，曾射落九个太阳。彃(bì)：射。[7]乌：神话中太阳里的三足乌。解羽：脱落羽毛，此处指折羽坠落。

译文

墨水能染黑人脚，三危山又在哪里？据说那里的人可延年不死，他们的寿命活到几时为止？鲮鱼在什么地方？鬿雀在什么地方？后羿怎样射下太阳？三足乌怎样折羽坠落？

文史链接

《天问》是一篇体式独特、规模宏大的奇文。全篇以“曰”字开头，接连不断地提出一个又一个问题，令人目不暇接，叹为观止。

它是屈原关于天地山川之事、夏商周三代兴亡之事、楚国存废之事的总疑问。在屈原的作品中,《天问》最为系统地反映了屈原的自然观、历史观。

对于《天问》,学术界有不同的评价。贬之过者,如胡适《读〈楚辞〉》:“《天问》文理不通,见解卑陋,全无文学价值,我们可断定此篇为后人杂凑起来的。”誉之过者,如徐英《楚辞札记》:“综其文采,风华典则,诘难百端,而出以辞赋,《庄》《列》之所未闻,《山经》之所不逮;今古杂陈,人神并祝,传书壁之余艺,渫愤懑于无憀,而诡丽若是,浑茂乃尔,此所以为千古辞赋之开祖。百世腾跃,而莫出其环中者与。”

《天问》个别地方的确存在重复倒置、事典荒诞的问题,但整体上次序井然、大义粲然。王夫之《楚辞通释》:“篇内事虽杂举,而自天地山川,次及人事,追述往古,终于以楚先,未尝无次序存焉。”此论当为确解。此节为屈原首问天地之事。

思考讨论

1. 此节屈原提出了关于天、地的哪些问题?

2. 王逸《楚辞章句》:“何不言‘问天’? 天尊不可问,故曰‘天问’也。”对此,你是否赞同? 请你说说此篇取名为“天问”的理由。

禹之力献功[1],降省下土四方[2]。焉得彼嵞山女[3],而通之于台桑[4]? 闵妃匹合[5],厥身是继[6]。胡为嗜不同味[7],而快鼌饱[8]?

注释

[1]力:致力,竭尽全力。功:事功,工作,此处指治水工程。[2]降:自天而降。省(xǐng):察看。四方:国土,天下。[3]嵞(tú)山:涂山,古国名。[4]通:男女私通幽会。台桑:地名,当为桑林之地。[5]闵(mǐn):忧虑。妃:配偶。匹合:婚配。[6]继:延续,继嗣。[7]胡:何,为何。维:语助词。[8]快:快意,放纵。鼌(zhāo):通“朝”。饱:饱食,此处喻指男女之欢。传说禹与涂山女子匹合后,几日后就离开了。

译文

禹竭尽全力献身于治水工程,他亲自到民间视察天下四方。他如何遇到了涂山女子,而与她结合于桑林之地?他忧虑没有可以结婚的配偶,为了延续子嗣而在半途结婚。为什么彼此的嗜好不同,却放纵一时的男女之欢?

启代益作后[1],卒然离蠥[2]。何启惟忧[3],而能拘是达[4]?皆归射鞠[5],而无害厥躬[6]。何后益作革[7],而禹播降[8]?启棘宾商[9],《九辩》《九歌》[10]。何勤子屠母[11],而死分竟地[12]?

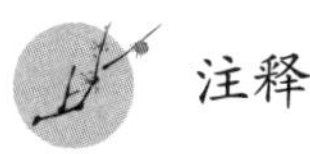

注释

[1]益:即伯益,夏禹之臣。后:君王。[2]卒然:终于,最

终。离:通“罹”,遭遇。蠥(niè):忧。传说禹曾传位于益,启谋夺君位而被益拘禁,后来启又逃脱而杀益得位。　[3]惟:有。　[4]拘:拘禁,囚禁。达(tà):通“挞”,逃脱。　[5]归:交还,交给。射鞠:此处泛指武器。射:弓箭。鞠:踏鞠,古代军队体育运动所用的足球。　[6]厥身:此处指启。躬:自身。　[7]作:通“祚”,王位。革:变革,取代。　[8]播:传布,传扬。降(lóng):通“隆”,大,光大。　[9]棘宾:同义复词,陈列。商:古代音乐的五音之一,此处指音乐。　[10]《九辩》、《九歌》:古代两种乐曲名,传说它们是夏启从天帝那里偷来的。　[11]勤子:抚恤他的儿子。启把王位传给儿子太康,废除氏族社会的酋长选举制,确立王位父子继承制。屠母:使其母身体裂开。传说涂山氏身体裂开而生启。　[12]死分竟地:启死后,其子太康即位,不久因内乱,统一的夏国又陷于分裂。竟:通“境”。

译文

启取代益成为国君,最终却遭遇到忧患。为什么启有忧患,而能逃脱出拘禁?益的部下都向启缴械投降,因此没有伤害到启的身体。为什么益的王位被取代,而禹的王位却传扬光大?启沉溺于陈设、排列宫商之乐,从天上偷取《九辩》《九歌》。为什么他抚恤儿子却要裂剥自己的母体,而他死后统一的夏国却又陷于分裂之中?

帝降夷羿[1],革孽夏民[2]。胡射夫河伯[3],而妻彼雒嫔[4]?冯珧利决[5],封豨是射[6]。何献蒸

肉之膏[7],而后帝不若[8]? 浞娶纯狐[9],眩妻爰谋[10]。何羿之射革[11],而交吞揆之[12]?

注释

[1]帝:天帝。降:派下。夷羿:后羿,夏代部落有穷氏的首领。有穷国属东夷族,故称为夷羿。 [2]革:革除,消除。孽:忧。 [3]河伯:黄河之神。 [4]妻:娶妻。雒嫔:洛水女神,河伯之妻。雒:通"洛",洛水。嫔:对妇女的美称。 [5]冯(píng):通"凭",大。珧(yáo):弓名,传说羿的宝弓叫"珧弧"。利:灵活。决:扳指,套在右拇指上用来钩玄放箭。 [6]封:大。豨(xī):野猪。 [7]蒸肉:祭祀用的肉。蒸:通"烝",冬祭。膏:脂,肥美的肉。 [8]不若:不顺意。 [9]浞(zhuó):寒浞,羿的国相。纯狐:纯狐氏之女,羿的妻子。 [10]眩:惑乱。爰:乃,于是。 [11]革:皮革。传说羿多力善射,能射穿七层皮革制成的箭靶子。 [12]吞:吞灭。揆:破灭。

译文

天帝派下夷羿,消除夏民灾祸。为什么羿要射杀河伯,而娶那洛水女神为妻? 羿有大的珧弓和优良的扳指,用来射杀那些害人的大野猪。为什么献祭肥美的肉,而天帝还依然不顺意? 寒浞娶了羿妻纯狐,蛊惑羿妻与他合谋。为什么羿能射穿七层皮革制成的箭靶子,而他的妻子和奸臣寒浞竟能合伙吞灭他?

阻穷西征[1]，岩何越焉？化为黄熊，巫何活焉？咸播秬黍[2]，莆雚是营[3]。何由并投[4]，而鲧疾修盈[5]？

注释

[1]阻：险阻。穷：穷绝。　[2]咸：都。秬(jù)：黑黍。[3]莆雚(pú huán)：蒲草和芦苇。　[4]并：通“摒”，摒除，抛弃。投：弃逐，放逐。　[5]疾：恶，罪恶。修：长。盈：满。

译文

鲧被放出羽山后向西奔走而道路险阻穷绝，那些高山峻岭他又怎么能够翻越得过去？他死后已经变成了黄熊，神巫又怎么能让他复活？鲧教大家全部播种黑黍，清除那里的蒲草和芦苇。是什么缘由让鲧被摒弃放逐，难道他的罪恶果真长久满盈吗？

白蜺婴茀[1]，胡为此堂？安得夫良药，不能固臧[2]？天式从横[3]，阳离爰死[4]。大鸟何鸣，夫焉丧厥体？

注释

[1]白蜺：白霓裳，嫦娥的服装。蜺：通“霓”。婴：系在颈上，

戴。茀(fú):妇人的首饰。　[2]臧(cáng):通“藏”。
[3]天式:天的法式。从横:纵横交错。从:通“纵”。　[4]阳:阳精,太阳中的三足乌。

译文

嫦娥穿着白霓裳又颈上系着首饰,她在那个厅堂里偷偷地做了什么?羿怎么得到不死之药,却不能牢固地保藏它?天的法式是纵横交错,太阳失去阳精就陨灭。那三足乌为什么要鸣叫,又怎么会丧失它的身体?

蓱号起雨[1],何以兴之?撰体协胁[2],鹿何膺之[3]?鳌戴山抃[4],何以安之?释舟陵行[5],何以迁之?

注释

[1]蓱(píng):蓱翳,雨师名。号(háo):呼。　[2]撰:具有。协:合。胁:从腋下到肋骨尽处部分,此处指上身。
[3]鹿:此处指风神飞廉,神话中长着鹿身、雀头、蛇尾、豹纹。膺:接受。　[4]鳌:海中巨龟。戴:顶在头上。抃(biàn):拍手,此处指巨龟四足舞动。　[5]释:舍弃。陵:陆地。

译文

雨神降下了雨，凭什么兴起雨？风神有着杂合鹿身、雀头的上身，他又怎么能够接受这样的身躯？巨龟头顶大山舞动四足，它怎么能够使大山安稳？巨龟离开水舟在陆地上行走，它又凭什么能够使大山移动？

惟浇在户[1]，何求于嫂？何少康逐犬[2]，而颠陨厥首[3]？女歧缝裳[4]，而馆同爰止[5]。何颠易厥首[6]，而亲以逢殆[7]？

注释

[1]惟：发语词。浇(ào)：寒浞与羿的妻子所生的儿子。传说浇来到他嫂子的门口，装作有所求，与他嫂子通奸。户：门。

[2]少康：夏代中兴的国君，相的儿子。相被杀之后，少康逃到有虞，有虞首领将自己的两个女儿嫁给了他。后来，少康借助有虞的力量，杀了浇，重新恢复了夏朝。逐犬：放狗打猎。

[3]颠陨：坠落。 [4]女歧：浇的嫂子。 [5]馆同："同馆"的倒装，同室。止：止宿。 [6]颠易：以此以彼。厥首：此处指女歧的脑袋。 [7]亲：亲身，此处指浇。逢殆：遭殃，遇险。传说少康派汝艾刺探浇，汝艾派人晚上袭杀浇而错砍了女歧的头；后来少康与浇一起打猎，浇没有提高警惕，汝艾乃驱使恶犬猛扑浇，并趁机砍下了浇的脑袋。

译文

浇来到他嫂子的门口,有什么相求于他嫂子?为什么少康趁放狗打猎时,袭杀浇而砍下他的脑袋?女歧给浇缝衣裳,而两人同室止宿。为什么女歧被错砍了脑袋,而浇却仍然遭遇灾殃?

汤谋易旅[1],何以厚之[2]?覆舟斟寻[3],何道取之[4]?桀伐蒙山[5],何所得焉?妹嬉何肆[6],汤何殛焉[7]?

注释

[1]汤:商汤,古代贤君。易:夺。旅:众,此处指夏民。 [2]厚:厚待。 [3]覆舟:翻船,此处指国家灭亡。斟寻:夏的同姓诸侯国。传说夏相失国后,投靠斟寻,浇发兵攻取斟寻,最后杀死夏相。 [4]取:战胜。 [5]桀:夏朝末代君王夏桀,古代暴君。蒙山:夏时国名。 [6]妹嬉(mò xǐ):夏桀的元妃,有施氏女,起先得到宠爱,后来被遗弃。 [7]殛(jí):诛杀。

译文

汤谋划使夏民归附于己,用什么方法来厚待夏民?浇攻灭斟寻如同打翻其船,他用什么方法来战胜斟寻?桀征伐蒙山,得到了什么?妹嬉有什么过分的行为,汤为什么要把她诛杀掉?

舜闵在家[1],父何以鳏[2]?尧不姚告[3],二女何亲[4]?

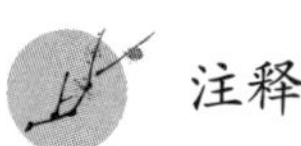

注释

[1]闵(mǐn):忧患。　　[2]父:舜的父亲,瞽叟。鳏(guān):无妻,此处指使鳏居。瞽叟偏爱继妻之子象,使舜到了三十岁还未娶妻。　　[3]不姚告:"不告姚"的倒装。姚:舜的姓,此处指舜的父亲。　　[4]二女:尧的两个女儿娥皇、女英。亲:成亲,结婚。尧得知舜的贤德,将女儿娥皇、女英嫁给他,并重用他。

译文

舜在自己家里饱受忧患,其父为何让他独身不婚?尧没有去告诉舜的父亲姚氏,他的两个女儿为何跟舜成亲?

厥萌在初[1],何所亿焉[2]?璜台十成[3],谁所极焉[4]?登立为帝,孰道尚之[5]?女娲有体[6],孰制匠之[7]?

注释

[1]厥:其。萌:萌芽。　　[2]亿:通"臆",臆测,预料。[3]璜台:璜玉装饰的高台。纣王穷奢极欲兴建玉台,民怨沸腾,

终至亡国。成:层。　[4]极:建造。　[5]道:通“导”,引导。尚:推崇。　[6]有:具有,拥有。体:形体。传说女娲人面蛇身,能够抟土造人。　[7]制匠:制造。

译文

事物在开始萌芽的时期,谁能够预测到它的发展?玉台高达十层,是谁建造了它?女娲能够登上帝位,是谁在引导、推崇?女娲具有人面蛇身的形体,这又是谁为她制造出来的?

舜服厥弟[1],终然为害[2]。何肆犬体[3],而厥身不危败[4]?吴获迄古[5],南岳是止[6]。孰期夫斯[7],得两男子[8]?

注释

[1]服:服从,顺从。厥弟:其弟,此处指舜的弟弟象。传说舜母死后,舜父瞽叟又娶妻生了象,瞽叟、后妻和象合谋杀舜。瞽叟命舜上粮仓涂泥,趁机纵火烧仓,舜以两顶斗笠护身跳生。后瞽叟命舜挖井,正当舜挖井时,瞽叟和象推土填井,舜从所挖通道逃生。　[2]终然:终于,最终。　[3]犬体:狗的心术。此处指象心眼很坏,如同恶狗。　[4]厥身:其身,此处指象的身体。不危败:没有危险败亡。传说舜称帝后,没有惩处象,反而封象于有庳(bì)。　[5]获:得。迄古:终古,长久。　[6]南岳:今江苏丹阳衡山。止:止宿,此处指立国。　[7]期:预期,预料。夫

斯:这个,这种情况。　　[8]两男子:太伯、仲雍。古公亶(dǎn)父(周文王的祖父)想让他的第三个儿子季历继位,长子太伯和次子仲雍为了让国就借故逃到了吴国。吴国人拥立太伯为国君,太伯死则仲雍继位。

译文

舜样样顺从他的弟弟象,最终还是受到象的谋害。为什么象放肆行禽兽之事,而他本人却没有危险死亡?吴国得到长久存续,它立国于南岳山下。谁又能预料到结果会有这种情况,是因为得到太伯和仲雍两位贤才?

缘鹄饰玉[1],后帝是飨[2]。何承谋夏桀[3],终以灭丧?帝乃降观[4],下逢伊挚[5]。何条放致罚[6],而黎服大说[7]?

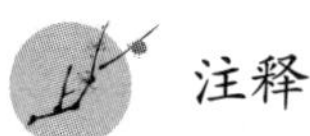

注释

[1]缘:装饰。鹄(hú):天鹅。　　[2]后帝:上帝。飨(xiǎng):祭献。　　[3]谋:谋划,此处指祖宗的基业。
[4]帝:商汤。降:下来,此处指民间。　　[5]伊挚:伊尹,名挚。传说为商汤的贤相,曾做过厨役。　　[6]条:鸣条,汤放逐桀的地方。　　[7]黎服:五服的黎民。服:古代王畿以外的地方,由近及远分为侯服、甸服、绥服、要服、荒服,合称五服。说:通“悦”。

译文

鼎上饰着天鹅花纹和美玉，夏桀用它来虔诚祭献上帝。为什么继承祖宗基业的夏桀，最终却因身亡而丧失了社稷？商汤到民间视察，在民间遇到伊尹。为什么夏桀被放逐鸣条而受惩罚，但是五服的黎民百姓都大为喜悦？

文史链接

第二至第四节，屈原所问的是历史兴亡，“比较广泛地涉及夏、商、周三代奴隶制王朝的兴亡，也涉及齐、晋、吴、鲁、秦、楚等国的历史。每问一朝，往往是先问一朝一族的起源，然后问它取得统治的经过，再后问它末世无道之事，最后则接问新王朝的兴亡”（周建忠，《楚辞讲演录》）。

此节主要问夏代兴亡之事。我们可以按照人物出场顺序的先后，来大致梳理一下此节内容。一讲禹，他献身于治水工程，后为了延续后代，与涂山女子在台桑匹合。二讲启和益，传说启为禹的儿子，益为禹的臣子，禹曾传位于益，启谋夺君位而被益拘禁，后来启又逃脱而杀益得位。三讲羿，天帝派下夷羿，消除夏民忧患，但羿射杀河伯，夺其妻子洛水女神为妻。四讲羿的臣子寒浞，与羿妻纯狐合谋把羿杀死，后娶纯狐为妻。五讲寒浞与羿的妻子所生的儿子浇，传说浇到他嫂子的门口，装作有所求，就与他嫂子通奸。六讲夏代中兴的国君，相的儿子少康，少康派汝艾刺探浇，汝艾派人晚上袭杀浇而错砍了浇的嫂子女歧的头，后来少康与浇一起打猎，浇没有提高警惕，汝艾乃驱使恶犬猛扑浇，并趁机砍下了浇的脑袋。七讲夏朝末代暴君夏桀,最终身亡而丧失社稷。此外,此节还提到了禹的父亲鲧、羿的妻子嫦娥、古代贤君商汤、娶尧之二女的舜、女娲、舜的弟弟象,以及奔吴的泰伯、仲雍等人物及其神话传说。

屈原“两次提到羿与夏先人虽侍奉祭奠上帝维恭,但未获得上帝的佑助,而终以灭亡,也正表现了诗人崇德的天命观”(褚斌杰,《楚辞选评》),并试图以史为鉴,警示楚王吸取教训。

思考讨论

此节屈原为何在讲夏朝历史时,穿插尧、舜、象等其他历史时期的人物?

简狄在台[1],喾何宜[2]?玄鸟致贻[3],女何喜?

注释

[1]简狄:有娀氏的美女,住在瑶台上,后来成为帝喾(kù)之妻,生子契(xiè),契是殷商的始祖。 [2]喾:帝喾,上古帝王,即高辛。宜:相称,般配。 [3]玄鸟:燕子。致:给予。贻:礼物。传说简狄因吞下天帝派去的燕子送的卵而怀孕生下商的始祖契。

译文

简狄住在九层瑶台上,帝喾为何认为她般配?燕子给她赠送礼物,她为何会欢天喜地?

该秉季德[1],厥父是臧[2]。胡终弊于有扈[3],牧夫牛羊?干协时舞[4],何以怀之?平胁曼肤[5],何以肥之?有扈牧竖,云何而逢?击床先出[6],其命何从?恒秉季德[7],焉得夫朴牛[8]?何往营班禄[9],不但还来[10]?昏微遵迹[11],有狄不宁[12]。何繁鸟萃棘[13],负子肆情[14]?眩弟并淫[15],危害厥兄[16]。何变化以作诈,后嗣而逢长[17]?

注释

[1]该:通“亥”,王亥,殷商的祖先。传说他是用牛驾车的首创者。秉:遵循。季:王季,王亥的父亲。传说他勤于政事,曾参与治水,殉职而死。　[2]臧(zāng):以……为善。　[3]弊:通“毙”,倒毙,死亡。有扈:应作“有易”,夏代的部落名。传说王亥曾带着牛羊到有易游牧,后与有易女发生关系,为有易牧童所杀。[4]干:盾。协:合。时:是。　[5]平胁:平正的胸膛。曼肤:细润的肌肤。　[6]击床:指有易的君主绵臣派人趁王亥与有易女私通时杀害王亥。先出:先出手。　[7]恒:王恒,王亥的弟

弟。　[8]朴牛:仆牛,拉车的牛。朴:通“仆”。　[9]营:谋求,营求。班:赏赐,给予。　[10]但:空,徒。　[11]昏微:上甲微,王亥的儿子。传说他继承王位后,借助河伯的军队攻伐有易,杀其君绵臣。　[12]有狄:有易。　[13]萃:聚集。棘:酸枣树。此处用繁鸟不适合停留在茎上多刺的酸枣树,来比喻上甲微后来不该干那种荒淫之事。　[14]负:通“妇”。子:古代对男人的美称,此处指上甲微。　[15]眩弟:昏乱的弟弟。并:皆。　[16]厥兄:他的兄长。此处指上甲微的弟弟与嫂嫂私通,合谋杀死上甲微,夺取王位。　[17]逢:通“丰”,兴盛。

译文

王亥遵循他父亲王季的德行,以他父亲作为自己的好榜样。为什么他到有易牧牛羊,最终却死在有易之地?王亥两手持着盾牌翩翩起舞,为什么能让有易氏女爱慕他?王亥拥有平正的胸膛、细润的肌肤,是吃了什么东西才使他肌肉丰满?有易的那个牧羊小子,怎么会碰见他们偷情?他已先出手砍床杀亥,他的命令从哪里得来?王恒秉承他父亲王季的德行,怎么得到王亥所丢失的仆牛?为什么他去谋求赏赐爵禄,却没有空着手从外面归来?上甲微遵循先人的遗志,有易因被他攻伐而不安。为什么像鸟儿们聚集在酸枣树一样,上甲微和那个妇女放纵自己的情欲?昏乱的弟弟和他皆是淫乱之人,以致用诡计杀害自己的哥哥。为何他们变化多端又实行欺诈,而后世子孙却能那么兴盛长久?

成汤东巡,有莘爰极[1]。何乞彼小臣[2],而吉

妃是得？水滨之木，得彼小子[3]。夫何恶之，媵有莘之妇[4]？汤出重泉[5]，夫何罪尤[6]？不胜心伐帝[7]，夫谁使挑之[8]？

注释

[1]有莘(shēn)：古国名。爰(yuán)：乃，于是。极：到。[2]小臣：奴隶，此处指伊尹。传说商汤得知有莘氏奴隶伊尹很有才能，便向有莘氏的君主索求伊尹，而有莘氏的君主拒绝他的索求。于是，商汤要求娶有莘氏君主的女儿为妻。有莘氏的君主很高兴，并把伊尹作为陪嫁的奴隶送给了商汤。 [3]小子：小孩，此处指伊尹。传说伊尹的母亲住在伊水边，怀孕时梦见神告诉她，家中的石臼如果出水就往东快跑，不要回头看。第二天他母亲看见石臼果然出水，便告诉邻居赶快逃跑。他母亲往东跑了十里路，忍不住回头看，发现整个地方已被大水淹没，她自己也变成一棵空心桑树。后来，有莘国的养蚕女在空心桑树中捡到一个婴儿，献给了有莘氏君主，有莘氏君主让厨师加以抚养，这个婴儿就是伊尹。 [4]媵(yìng)：陪嫁的人，此处指作为奴隶陪嫁。[5]重泉：地名，汤被桀囚禁的地方。 [6]罪(zuì)尤：罪过。[7]不胜心：不能克制心情，此处指抑制不住内心的愤怒。帝：此处指夏桀。 [8]挑：挑动，挑拨。

译文

汤出巡东方，就到了有莘。为何索求伊尹，却得到了贤妃？

在水边的空心桑树中，得到了那个小孩伊尹。为什么有莘氏君主会不喜欢他，让他作为奴隶充当女儿的陪嫁？汤从重泉被放出来，究竟犯了什么罪过？汤抑制不住内心的愤怒而攻伐夏桀，哪里需要什么人在旁边帮忙挑拨他？

会朝争盟[1]，何践吾期[2]？苍鸟群飞[3]，孰使萃之？到击纣躬[4]，叔旦不嘉[5]。何亲揆发[6]，足周之命以咨嗟[7]？授殷天下，其位安施[8]？反成乃亡，其罪伊何[9]？争遣伐器[10]，何以行之[11]？并驱击翼，何以将之[12]？

注释

[1]会：会合。朝(zhāo)：早晨。争盟：争相盟誓。周武王在甲子日清晨率领军队，来到殷都郊外的牧野，各路诸侯都来会师，争相盟誓。　[2]践：履行。吾：我，此处指周武王。期：约会。　[3]苍鸟：鹰，此处喻指将士。　[4]躬：身。据司马迁在《史记·周本纪》中记载，商纣战败，自焚而死，周武王攻入殷都朝(zhāo)歌后，向商纣的尸体射了三箭，然后下车，用轻剑击刺商纣的尸体，又用大斧砍下商纣的头。　[5]叔旦：周公名旦，周武王的弟弟。嘉：赞许。　[6]揆(kuí)：谋划。发：起兵，举事。　[7]足：完成。咨嗟(zī jiē)：叹息。　[8]施：通“移”，改易，改变。　[9]伊：语助词，相当于“惟”“维”。　[10]遣：使用，运用。　[11]行：出动，发动。　[12]将(jiàng)：统率，率领。

译文

会师那日清晨各路诸侯争相盟誓,他们又是怎样履行了武王的期约?勇猛的将士如雄鹰群飞,又是谁把他们聚拢起来?武王到了纣自杀的地方击杀他的尸体,但是周公却并不赞同武王的这种做法。为什么周公亲自为武王谋划起兵,完成了周朝所受的天命而又叹息?天帝把天下授予殷商,那王位怎么又会改变?周朝反叛成功于是殷商灭亡,那么殷商的罪过到底是什么?各诸侯国的将士争先恐后使用武器,武王凭借什么来发动他们攻打殷商?他们并驾齐驱从两翼夹击殷商军队,武王凭借什么来统率他们实施攻击?

昭后成游[1],南土爰底[2]。厥利惟何,逢彼白雉[3]?穆王巧梅[4],夫何为周流?环理天下[5],夫何索求?妖夫曳衒[6],何号于市[7]?周幽谁诛[8],焉得夫褒姒[9]?

注释

[1]昭后:周昭王,周康王的儿子,西周第四代国君。成游:盛游,此处指浩浩荡荡巡游。成:通“盛”。　[2]南土:南方,此处指楚国。底:至。　[3]逢:迎取。白雉:白色的野鸟。古人认为白雉是罕见的珍禽。传说周昭王巡游楚国,欲取得楚人的白雉,在汉水被楚人谋害,溺死江中。　[4]穆王:周穆王,周昭王的儿子,西周第五代国君。梅(měi):通“枚”,马鞭。　[5]环

理:环行。理:通“履”。　[6]曳(yè):拖,牵引。衒(xuàn):沿途叫卖。　[7]号(háo):大声叫。　[8]周幽:周幽王,西周末代国君。谁诛:“诛谁”的倒装,讨伐谁。　[9]褒姒(bāo sì):周幽王的王后。据称夏朝末年有两条龙来到王宫,自称“褒之二君”,通过占卜得“藏之吉”,后来龙离去前遗留的唾液被装在木匣子里收藏起来,直到周厉王时打开观看,不小心使龙涎洒流于廷外,化为一只玄鼋(yuán)爬进王府,一个未成年的宫女碰上了这只玄鼋。周宣王年间,这个宫女竟然没有婚配而生下一名女婴,她因为害怕就把这名女婴抛弃。这时民间流传着一首童谣:“檿(yǎn)弧箕服,实亡周国。”恰好市场上有一对夫妇在叫卖桑弓弧、箕箭服。周宣王听了很不高兴,就下令抓他们来处死。这对夫妇就逃走了,在路上遇到那个被抛弃的女婴,看她可怜,便将其抱养,并逃到褒国。后来周幽王起兵攻伐褒国,褒人就把她献给周幽王,因姓姒,故称为褒姒。

译文

周昭王浩浩荡荡巡游,于是到了南方的楚国。巡游的好处究竟是什么,欲取得那白色的野鸟吗?穆王善于策马之术,他为何要到处周游?他环游天下,要索求什么?那对妖人相互牵引沿途叫卖,在闹市上大声叫卖什么东西?周幽王起兵攻伐谁,他怎样得到了褒姒?

天命反侧[1],何罚何佑?齐桓九会[2],卒然身杀[3]。

注释

[1]反侧:反复无常。　　[2]齐桓:齐桓公,春秋五霸之一。九会:九次召集诸侯会盟。　　[3]卒然:终于,最终。身杀:遭杀身之祸。齐桓公病时,易牙、竖刁、开方等恶人作乱,他被围困宫中,饥不得食,渴不得饮,最后死于南门寝室。齐桓公死后,诸子争权,尸体在床上停留六七十天而不能入殓,尸体蛆虫满屋,都爬出门外。

译文

天命真是反复无常,惩罚什么保佑什么?齐桓公九次召集诸侯会盟,但他最终却遭到杀身之祸。

彼王纣之躬[1],孰使乱惑?何恶辅弼,谗谄是服[2]?比干何逆[3],而抑沈之[4]?雷开何顺[5],而赐封之?何圣人之一德,卒其异方:梅伯受醢[6],箕子详狂[7]?

注释

[1]躬:身。　　[2]服:用。　　[3]比干:商纣王的叔父,相传心有七窍,因忠言直谏而被剖腹杀害。逆:违背。　　[4]抑沈:压抑沉没。沈:通“沉”。　　[5]雷开:商纣王的奸臣,因阿谀而得到赏赐封爵。顺:顺从。　　[6]梅伯:商纣王时的诸侯,因

忠言直谏而被害。醢(hǎi):古代的一种酷刑,把人剁成肉酱。

[7]箕子:商纣王的叔父,因进谏不听只好装疯卖傻而得生。详(yáng):通“佯”,假装。

译文

那个商纣王自身,谁使他混乱迷惑?为何憎恶辅国大臣,而任用谗谄的小人?比干怎样违背纣王,而竟遭遇压抑沉没?雷开怎样顺从纣王,竟然受到赏赐封爵?为什么圣人具有一样的品德,最终他们却采取不同的方法:梅伯因坚持直谏而被剁成肉酱,箕子却因假装疯癫而得以逃生?

文史链接

此节主要问商代兴亡之事,但也讲到一些周代帝王。一讲简狄嫁给帝喾,吞食燕卵而生子契,契成为殷商的始祖。二讲殷商的祖先亥曾带着牛羊到有易游牧,后与有易女发生关系,为有易牧童所杀。三讲亥的弟弟恒,夺回了亥在有易失去的东西。四讲亥的儿子上甲微攻伐有易,但后来却荒淫于女色,而他的弟弟也像他一样淫乱,以致国家内乱。五讲商汤得知有莘氏奴隶伊尹很有才能,便向有莘氏索求伊尹,而有莘氏拒绝他的索求。于是,商汤要求娶有莘氏女为妻。有莘氏很高兴,并把伊尹作为陪嫁的奴隶送给了商汤。后商汤被夏桀囚禁在重泉,被放出来之后,就攻伐夏桀。到此戛然而止,商汤后面许多商代帝王事件就没有再讲。六讲周武王发动士兵伐商纣王,并击杀商纣王的尸体。而亲自为武王谋划起兵的周武王的弟弟周公，此时却并不赞同这种做法。七讲西周第四代国君周昭王巡游楚国，欲取得楚人的白雉，在汉水被楚人谋害，溺死江中。八讲周昭王的儿子周穆王，善于策马之术，贪求享乐，四处巡游。九讲西周末代国君周幽王起兵攻伐褒国，得到了褒姒。十讲齐桓公九合诸侯，最终遭杀身之祸。十一讲商纣王昏庸无能，以致使比干、梅伯、箕子等辅国大臣被放逐、杀害，而雷开等谗谄小人却被提拔、任用。

思考讨论

1.此节屈原在讲商朝历史时，为何讲到商汤就戛然而止，对其后面许多商代帝王事件就没有再讲？

2.此节屈原讲到的周代几个君王有何相似性？屈原为什么在这里讲到他们？

稷维元子[1]，帝何竺之[2]？投之于冰上，鸟何燠之[3]？何冯弓挟矢[4]，殊能将之[5]？既惊帝切激[6]，何逢长之[7]？

注释

[1]稷(jì)：后稷，周的始祖。后稷为帝喾的长子，好农耕，尧时被推举为农师。维：语助词。元子：长子。　　[2]帝：此处指帝喾。竺(dú)：通“毒”，憎恶。　　[3]燠(yù)：温暖。后稷的母亲姜嫄为帝喾元妃。姜嫄出野，见巨人足迹，践之而动如孕。生

一子,以为不祥,弃之隘巷,马牛从他旁边过都不踩它;徙置之林中,适会山林多人,迁之;而弃渠中冰上,飞鸟以其翼温暖之。姜嫄以为神,遂收养之。初欲弃之,因名曰弃。 [4]挟:夹带。 [5]将(jiàng):驾驭。 [6]帝:此处指天帝,上帝。 [7]逢:通"丰",兴盛。

译文

后稷是帝喾的长子,帝喾为什么憎恶他?帝喾把后稷扔在冰上,鸟儿为什么温暖后稷?为什么后稷天生就会拉弓射箭,他又是如何驾驭这特异的本领?既然刚出生的后稷使天帝受惊如此激烈,为什么天帝还依旧让他的后代兴盛长久?

伯昌号衰[1],秉鞭作牧[2]。何令彻彼岐社[3],命有殷国?迁藏就岐[4],何能依?殷有惑妇[5],何所讥[6]?受赐兹醢[7],西伯上告。何亲就上帝罚,殷之命以不救?师望在肆[8],昌何识[9]?鼓刀扬声[10],后何喜[11]?武发杀殷[12],何所悒[13]?载尸集战[14],何所急?

注释

[1]伯昌:周文王,名昌,爵号西伯。号(hào):号令。衰:衰微,此处指殷商的衰微。 [2]秉鞭:持鞭,此处喻指执掌权柄。

牧:古代州长。周文王曾做过雍州地区的长官。　[3]彻:拆除,毁坏。岐社:岐地社庙。相传周的先人古公亶(dǎn)父曾由豳(bīn)地迁到岐地,在此立国都建社庙。周逐步强大后,迁都于丰地,故拆毁原来的岐地社庙,而建立丰地社庙。　[4]藏:库藏,宝藏。　[5]惑妇:惑乱人的女人,此处指纣王的宠妃妲己。[7]受:商纣王的名。兹醢:周文王子伯邑考进京为质,被纣王杀害,剁成肉酱赐给周文王。　[8]师:太师,古代官名。望:吕望,即姜太公。姜太公未遇周文王时,曾在朝歌街市上屠牛。肆:街市,店铺。　[9]昌:周文王的名。　[10]鼓刀:舞动屠刀。[11]后:国君,此处指周文王。　[12]武发:周武王,名发。杀:击杀,砍杀。　[13]悒(yì):忧郁,此处指愤恨。　[14]尸:神主,神像,此处指周文王的灵牌。周文王死后不久,周武王就载着周文王的灵牌去讨伐商纣王,表示奉周文王之遗命。集战:会战。

译文

周文王号令于殷商衰微之时,他执掌权柄而成为雍地长官。为什么周武王下令拆除岐地社庙,竟秉承天命占有整个殷商的天下?周太王带着库藏迁到岐地,众人为什么能听从跟随他?商纣王有个惑乱人的宠妃妲己,众人还有什么可极力劝谏他的?商纣王把周文王的儿子伯邑考剁成肉酱并赐给周文王,周文王因此把商纣王的这种残忍行径向上天控诉。为何商纣王亲身受到上帝的惩罚,殷商王朝的命运竟因此而不可挽救?太师吕望在街市上屠牛,周文王又怎么会知道他?吕望舞动屠刀发出响声,周文王听到后为何高兴?周武王姬发砍杀了商纣王,他为什么会显得那么愤恨？周武王载着周文王的灵牌去会战，他又为什么会显得那么迫不及待？

伯林雉经[1]，维其何故？何感天抑坠[2]，夫谁畏惧？皇天集命[3]，惟何戒之？受礼天下[4]，又使至代之[5]？

注释

[1]伯林：应作“柏林”，地名。雉(zhì)经：人吊死后像野鸡死后垂下头。雉：野鸡。经：自缢，上吊。　[2]感天抑坠：呼天抢地。坠：“地”的古字。　[3]集命：完成天命，把天下授给某人。集：就，完成。　[4]受：商纣王的名。礼：通“理”，治理。[5]至：竟至，竟然至于。

译文

商纣王在柏林自缢如同野鸡死后垂下头，究竟是什么缘故导致他这样的悲惨结局？他的哀嚎多么呼天抢地，此时又有谁还会害怕他？上天把天下授给商纣王，又是怎样告诫商纣王的？上天让商纣王治理天下，又为何派人取代他？

初汤臣挚[1]，后兹承辅[2]。何卒官汤[3]，尊食宗绪[4]？

注释

[1]臣:以……为小臣。挚:伊尹的名。　　[2]兹:此,此处指伊尹。承:承担,担当。辅:辅佐之臣。　　[3]官汤:做汤的官吏。[4]食:享受祭祀。宗绪:商代的宗庙世系。

译文

起初商汤以伊尹为小臣,后来伊尹担任辅佐之臣。为什么伊尹最后做了商汤的官吏,死后却尊享商代宗庙世系的祭祀?

勋阖梦生[1],少离散亡[2]。何壮武厉,能流厥严[3]?

注释

[1]勋:功勋。阖(hé):吴王阖闾(lǘ)。梦:寿梦,阖庐的祖父。生:通“姓”,子孙。　　[2]离:通“罹”,遭遇。散亡:离散流亡,此处指阖闾在余昧和王僚在位期间受到排挤打压。　　[3]严:威严。

译文

功勋显赫的阖闾是寿梦的孙子,少年时曾遭遇离散流亡之困苦。为什么壮年时勇武猛厉,能够传播他的威严之名?

彭铿斟雉[1],帝何飨[2]? 受寿永多[3],夫何久长[4]?

注释

[1]彭铿(kēng):彭祖,姓篯(jiān)名铿,因受封于彭城,故称彭铿。斟:调和。雉:此处指用野鸡做的汤。传说彭铿从尧时活到周代,达八百岁。 [2]帝:此处指上帝,天帝。飨(xiǎng):通"享",享用,品尝。 [3]受:得。 [4]久:朱熹《楚辞集注》本无此字,闻一多疑为衍文。

译文

彭祖善于调制野鸡汤,天帝为什么把它品尝?彭祖获得长久的寿命,他怎么能活得那么长?

中央共牧[1],后何怒[2]? 蜂蛾微命[3],力何固[4]?

注释

[1]共(gōng):即共伯和。周厉王十三年,民众不堪其暴虐无行而起来造反,流放周厉王于彘(zhì)地,共伯和趁机摄政。共伯和十四年,周厉王死在彘地,天大旱,房屋起火。于是进行占卜,卦辞说是周厉王作祟。在国人的要求下,共伯和被迫退位重回共

国,而周厉王的太子被立为周宣王。牧:治。　[2]后:君王,此处指周厉王。　[3]蜂蛾:土蜂和蚂蚁,此处喻指民众。蛾:"蚁"的古字。微:卑贱。　[4]固:坚强,顽强。

译文

共伯和代治中央,周厉王为何发怒?民众的生命如土蜂、蚂蚁一样卑贱,但他们身上的力量又为何那样顽强?

惊女采薇[1],鹿何祐[2]?北至回水[3],萃何喜[4]?

注释

[1]惊(jǐng)女:"女惊"的倒装,女子警戒。惊:通"警",警戒。采薇:采摘薇菜,此处指采摘薇菜的人,也就是伯夷、叔齐。相传伯夷、叔齐二人因为不赞成周武王灭商,守义不食周粟,隐居首阳山,采摘薇菜充饥。后来,有个女子告诫他们,说他们所采的薇菜也属于周。于是,伯夷、叔齐连薇菜也不采摘了。鹿:神鹿。相传伯夷、叔齐不再采摘薇菜充饥之后,一只神鹿来喂奶给他们吃。后来,他们想到鹿肉很美,神鹿知道了他们的心思,就不再来。于是,他们就饿死在首阳山。　[2]祐:帮助,辅助。　[3]回水:河曲,此处指河曲之中的首阳山。　[4]萃:止息,此处指死亡。

译文

女子告诫采摘薇菜的伯夷、叔齐，神鹿又为什么要主动来帮助他们？伯夷、叔齐向北行到河曲之中的首阳山，他们最终饿死在那里又有什么值得称道？

兄有噬犬[1]，弟何欲[2]？易之以百两[3]，卒无禄。

注释

[1]兄：此处指秦景公，春秋时期秦国国君。噬(shì)犬：会咬人的猛犬。 [2]弟：此处指秦景公的弟弟针。他因受到父亲秦桓公的宠信，非常富裕，有车千乘。后来招致谗言，被秦景公放逐，逃到晋国。 [3]易：交换，交易。两(liàng)：通“辆”，车辆。

译文

秦景公有只会咬人的猛犬，他的弟弟为什么想要它？针想用百辆车来向秦景公换取它，他最后竟然没有了爵禄而被放逐。

文史链接

此节主要问周代兴亡之事，连带提及商代的一些历史。一讲周的始祖后稷，为父亲帝喾所憎恶，并把他扔在冰上，飞鸟以其翼温暖之，姜嫄以为神，遂收养之。二讲周文王号令于殷商衰微之时，他曾执掌权柄而成为雍地长官，周太王曾把库藏迁移到岐地，周武王下令毁坏岐地社庙而建立丰地社庙。周文王发现并重用原屠牛于街市的贤才姜太公。三讲周武王载着周文王的灵牌去讨伐商纣王，纣王在柏林自缢。四讲民众流放周厉王于彘地，共伯和趁机摄政。后周厉王死在彘地，天大旱，房屋起火。于是进行占卜，卦辞说是周厉王作祟。在国人的要求下，共伯和被迫退位重回共国，而周厉王的太子被立为周宣王。此外，本节还提到了商纣王、伊尹、阖闾、彭祖、伯夷、叔齐、秦景公及其弟针等人物。

思考讨论

请联系前面两节，谈谈决定夏、商、周三代兴亡的原因是什么。

薄暮雷电[1]，归何忧[2]？厥严不奉[3]，帝何求[4]？伏匿穴处[5]，爰何云[6]？荆勋作师[7]，夫何长？悟过改更，我又何言？

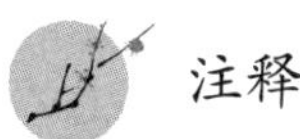

注释

[1]薄暮：近黄昏，天将黑。薄：迫近，接近。 [2]归：回归，此处指回归郢都。 [3]奉：持，保持。 [4]帝：上帝，天帝。 [5]匿：藏。 [6]爰(yuán)：发语词。云：说。 [7]荆：楚国。勋：以……为功。作师：兴师，发兵打仗。

译文

黄昏时刻雷声轰轰，电光闪闪，我若想回归郢都又何必担忧？楚国的威严已经不能保持，我又何必寻求上帝的护佑？我伏藏在山洞里，还有什么好述说？楚国以发兵打仗为功劳，国家的命运怎么能长久？楚王如觉察过失而改弦更张，我又何必再这样地喋喋不休？

吴光争国[1]，久余是胜[2]！何环穿自闾社丘陵[3]，爰出子文[4]？吾告堵敖[5]，以不长[6]。何试上自予[7]，忠名弥彰？

注释

[1]吴光：吴王阖闾，名光。争国：阖闾谋杀吴王僚，夺取君位。　[2]余：我们，此处指楚国。　[3]环：环绕。穿：穿行。闾社：古代居民的村落。二十五家为社，又称里，里有门，叫闾，故称闾社或闾里。　[4]爰：乃，于是。子文：做过楚国的令尹，楚成王时贤相。传说子文是楚宗室斗伯比和郧之女私通所生。
[5]堵敖：楚成王兄，为成王所杀。楚国称早死的或不成君的国君为敖。以：因为。　[6]试：通“弑”。上：君上，此处指堵敖。自予：把王位给予自己。

译文

吴王阖闾杀君篡位，竟然长期战胜楚国！为何斗伯比环绕穿梭于村落丘陵，于是就诞生出一代贤相令尹子文？我把堵敖的故事来说一说，他因为被杀害而在位不长。为什么楚成王杀了堵敖自占王位，而他的忠直之名竟然能更加彰显？

文史链接

王逸《楚辞章句》认为，《天问》是屈原在流放期间创作的。当时他忧心愁悴，迷茫中来到楚先王庙和公卿祠堂，因见庙堂的壁画上画着天地山川神灵、古贤圣怪物行事而引发愤慨和疑问，于是在庙堂的墙壁上挥笔写下《天问》。王逸此说大概是出于推测。洪兴祖在《楚辞补注》中认为，楚先王庙和公卿祠堂应该在汉北，当时屈原正被楚怀王流放在汉北。我们认为，《天问》应该不是屈原因见壁画而一时愤激之作，而是屈原对自然和历史长期思考后的呕心沥血之作。

此节最能说明《天问》的创作时间。首先，所谓“薄暮雷电，归何忧”“伏匿穴处，爰何云”，点明了屈原自己当时正被放逐，过着藏身岩穴的艰苦生活。其次，所谓“荆勋作师，夫何长”，也点明了楚国一直热衷发兵打仗而次次败退。据司马迁在《史记·楚世家》中记载，楚怀王后期，“二十九年，秦复攻楚，大破楚，楚军死者二万，杀我将军景缺”“三十年，秦复伐楚，取八城”。又，楚襄王元年，秦、楚再次大战，“大败楚军，斩首五万，取析十五城而去”。正是由于连年不断的对外战争，楚国在人力、物力、土地等方面都损失惨重，大有亡国之迹象。因此，屈原才会在此段中有“厥严不奉，帝何求”的感慨。最后，屈原表面上是对吴王阖闾、楚成王的质疑，实际上是对楚襄王的讽谏。在屈原看来，楚襄王因听信谗言而把自己放逐，就像当年吴王阖闾、楚成王曾篡夺王位一样糊涂。但楚襄王毕竟还年轻，只要他肯悟过改更，就一定会像吴王阖闾、楚成王后来那样使国家富强，使自己扬名。由此可见，《天问》应该是屈原在楚襄王早期被流放到江南时所作。

思考讨论

贺贻孙《骚筏》：“《天问》一篇，灵均碎金也。无首无尾，无伦无次，无断无案，倏而问此，倏而问彼，倏而问可解，倏而问不可解，盖烦懑已极，触目伤心，人间天上，无非疑端。既以自广，实自伤也。其词与意，虽不如诸篇之曲折变化，然自是宇宙间一种奇文。”对此，你有何看法？

第四章　九章(选五)

涉　江

余幼好此奇服兮[1],年既老而不衰。带长铗之陆离兮[2],冠切云之崔嵬[3]。被明月兮[4],珮宝璐[5]。世溷浊而莫余知兮[6],吾方高驰而不顾[7]。驾青虬兮骖白螭[8],吾与重华游兮瑶之圃[9]。登昆仑兮食玉英[10],与天地兮同寿,与日月兮齐光。哀南夷之莫吾知兮[11],旦余济乎江湘[12]。

注释

[1]奇服:奇伟的服饰,不同凡俗的服饰。　[2]铗(jiá):剑柄,此处指剑。陆离:修长而美好的样子。　[3]冠:把帽子戴在头上。切云:当时的高冠名。崔嵬(wéi):高大耸立的样子。　[4]被(pī):通"披"。明月:此处指夜明珠。　[5]珮:通"佩",佩戴。宝璐(lù):宝玉。璐:美玉。　[6]溷(hùn)浊:污浊,混浊。

[7]方:将。高驰:高高飞驰。　　[8]虬(qiú):无角的龙。螭(chī):无角的龙。　　[9]重华:虞舜的名。瑶之圃:美玉的园圃。[10]玉英:玉树的花朵。英:花朵。　　[11]南夷:楚国南方的落后民族,此处指屈原被流放的地方。　　[12]旦:清晨。济:渡过。江湘:长江和湘水。

译文

我自幼喜好这奇伟的服饰啊,年岁已老而此兴趣没有减损。腰间佩着长长的宝剑啊,头上戴着高耸的切云冠。披着夜明珠啊,还佩戴着宝玉。举世混浊而没人了解我啊,我将远走高飞而不再回头。驾驭着青虬啊又在两旁配上白螭,我要和帝舜同游啊在美玉的园圃。登上昆仑啊品尝玉树的花朵,我的生命和天地啊一样长久,我的美质与日月啊一样光辉。我哀伤南夷没人了解我啊,清晨我就渡过长江和湘水。

乘鄂渚而反顾兮[1],欸秋冬之绪风[2]。步余马兮山皋[3],邸余车兮方林[4]。乘舲船余上沅兮[5],齐吴榜以击汰[6]。船容与而不进兮[7],淹回水而凝滞[8]。朝发枉陼兮[9],夕宿辰阳[10]。苟余心其端直兮[11],虽僻远之何伤!

注释

[1]乘:登。鄂渚:地名,在今湖北省境内。反顾:回头看。反:通“返”。　[2]欸(āi):叹息。绪风:此处指秋冬季的余风。[3]步:慢行。山皋(gāo):山冈。　[4]邸(dǐ):停留。方林:大树林。《广雅·释诂一》:“方,大也。”旧注说是地名,恐不准确。

[5]舲(líng)船:有窗户的船。沅(yuán):沅水,在湘水西面流入洞庭湖的又一条大河。　[6]齐:齐举,并举。吴榜:吴国产的大桨。击汰:击水,此处指划船。　[7]容与:缓缓前进。
[8]淹:滞留,停留。回水:回旋的水流。凝滞:滞留不前。
[9]枉陼(zhǔ):地名,在今湖南省境内。陼:通"渚"。　[10]辰阳:地名,在今湖南省境内。　[11]端直:端正刚直。

译文

登上鄂渚而回头眺望啊,我叹息秋冬余风的凄寒。让我的马慢行啊在山冈上,让我的车停留啊在大树林。乘着舲船而我向上溯游到沅水啊,船夫们并举起大桨而激拍着波浪。船行迟缓而难以向前进啊,陷留于旋涡中而阻滞不前。清晨从枉陼出发啊,傍晚就留宿在辰阳。只要我内心的情志真是端正又刚直啊,即使被放逐到偏远的地方又何必悲伤!

入溆浦余儃佪兮[1],迷不知吾所如[2]。深林杳以冥冥兮[3],乃猨狖之所居[4]。山峻高以蔽日兮,下幽晦以多雨[5]。霰雪纷其无垠兮[6],云霏霏而承宇[7]。哀吾生之无乐兮,幽独处乎山中。吾不能变心而从俗兮,固将愁苦而终穷[8]!

注释

[1]溆(xù)浦:地名,在今湖南省境内。儃佪(chán huái):徘徊。 [2]如:往。 [3]杳(yǎo):幽深的样子。冥冥:幽暗无光的样子。 [4]猨:通“猿”。狖(yòu):长尾猿。 [5]幽晦:幽深晦暗。 [6]霰(xiàn):小雪珠。 [7]霏霏(fēi fēi):盛多的样子。宇:天宇。 [8]穷:仕途困顿。

译文

进入溆浦我开始踌躇徘徊啊,心中迷茫不知道该去往何方。丛林幽深而昏暗无光啊,这是猿猴所居住的地方。山势高耸而遮蔽太阳啊,山脚幽暗而又阴湿多雨。小雪珠纷纷坠落而没有边际啊,云气又重重聚集而承接着天宇。哀伤我此生没有欢乐啊,幽僻而孤独地住在山中。我不能改变心志而跟从流俗啊,本来就会愁苦而终身仕途困顿!

接舆髡首兮[1],桑扈臝行[2]。忠不必用兮,贤不必以[3]。伍子逢殃兮[4],比干菹醢[5]。与前世而皆然兮[6],吾又何怨乎今之人!余将董道而不豫兮[7],固将重昏而终身[8]!

注释

[1]接舆(yú):楚国的一名隐士,佯狂傲世。髡(kūn)首:剃光头发,古代的一种刑罚。此处指接舆借剃光自己的头发,表示不流于世俗。 [2]桑扈(hù):古代的一名隐士。臝(luǒ)行:一作“裸行”,赤身裸体地行走。 [3]以:用。 [4]伍子:伍子胥,春秋时期吴国大臣,因屡谏忠言而被迫自尽。 [5]菹醢(zū hǎi):剁成肉酱,古代的一种酷刑。此处指比干被剖心而死,极言其所受刑法之残酷。 [6]与:通“举”,全,整个。 [7]董道:正道。豫:犹豫,迟疑。 [8]重昏:重重幽闭,晦气重重。

译文

接舆佯狂而剃光头发啊,桑扈愤怒而赤裸地行走。忠臣不受重用啊,贤士也不被任用。伍子胥遭遇祸殃啊,比干被剖心而死亡。整个前代都是这样啊,我又何必抱怨着今人!我将行正道而不迟疑啊,当然就会终身晦气重重!

乱曰:鸾鸟凤皇[1],日以远兮。燕雀乌鹊[2],巢堂坛兮[3]。露申辛夷[4],死林薄兮[5]。腥臊并御[6],芳不得薄兮[7]。阴阳易位[8],时不当兮[9]。怀信侘傺[10],忽乎吾将行兮[11]。

注释

[1]鸾鸟:善鸟名,凤一类的祥鸟。凤皇:善鸟名,凤凰。皇:通“凰”。此处鸾鸟、凤凰皆喻指贤士。　[2]燕雀:恶鸟名。乌鹊:恶鸟名。此处燕雀、乌鹊皆喻指小人。　[3]巢:筑巢。堂坛:殿堂和庭院,此处喻指位列朝堂的高位。　[4]露申:香草名。辛夷:香木名。此处露申、辛夷皆喻指贤士。　[5]林薄:草木丛生之地。　[6]腥臊(sāo):恶臭难闻的气味,此处喻指小人。御:用。　[7]薄:迫近,接近。　[8]阴阳易位:此处喻指是非颠倒,黑白混淆。阴:夜晚。阳:白昼。易:变更。位:位置。　[9]当(dāng):值,遇。　[10]信:忠信,诚信。侘傺(chà chì):失意彷徨的样子。　[11]忽乎:迅疾的样子。

译文

尾声说:鸾鸟和凤凰这类贤士,日益远离楚国朝堂啊。燕雀和乌鹊这类小人,竟位列朝堂的高位啊。露申和辛夷这类贤士,死于草木丛生之地啊。品行如恶臭难闻气味的小人被君王兼收并用,品行如芳香气味的高洁的贤士却不能近前啊。昼夜颠倒是非不分,我没遇上好时光啊。满怀忠信却失意彷徨,我将迅速远走他方啊。

文史链接

《九章》共有九篇,包括《惜诵》《涉江》《哀郢》《抽思》《怀沙》

《思美人》《惜往日》《橘颂》《悲回风》。朱熹《楚辞集注》:“屈原既放,思君念国,随事感触,辄形于声。后人辑之,得其九章,合为一卷,非必出于一时之言也。”此论比较符合事实。司马迁在《史记·屈原贾生列传》中只提到《哀郢》《怀沙》之篇名,而没有说到《九章》之名称;而刘向在《九叹》中则提到了《九章》。由此可见,大概在西汉元帝、成帝之际,始有《九章》的名称。

“涉江”,即渡长江。《涉江》是楚襄王初年屈原被流放到楚国江南地区时所作。据司马迁在《史记·屈原贾生列传》中记载,由于令尹子兰不断进谗言,昏庸无能的楚襄王一怒之下再次将屈原放逐。王逸《楚辞章句》:“迁屈原于江南。”此处所谓的“江南”,是楚国的“江南”,在湘鄂之间。我们认为,王逸所谓屈原被楚襄王流放江南的观点是可信的。首先,从《涉江》所记述的行程来看,济江湘,乘鄂渚,至方林,渡洞庭,溯沅水,发枉陼,宿辰阳,入溆浦,其目的地就在楚国的江南地区,这就是屈原济渡长江往楚国江南地区行走的真实记录。其次,从《涉江》所描写的环境来看,“深林杳以冥冥兮,乃猨狖之所居。山峻高以蔽日兮,下幽晦以多雨。霰雪纷其无垠兮,云霏霏而承宇”。其地荒远僻陋,重山深林,谷幽多雨,云岚霰雪,渺无人烟,而这正是开发较晚的楚国江南地区的真实写照。

此篇末尾乱曰:“怀信侘傺,忽乎吾将行兮。”这表明屈原对楚襄王极为失望,自己满怀忠信,却进退失据。历史上,楚襄王是一位十足的“壅君”,因此屈原比谁都清楚昏庸无能的楚襄王不可能再起用自己。于是,他打算迅速离开楚国,而远赴他方。但他方到底在哪里?屈原没有明言,戛然而止。结合此篇的前半部分,可推知他方应该是昆仑山,这是屈原寄托理想的地方。

此篇既是一篇纪行之作，也是一篇言志之作。周建忠《楚辞讲演录》：“《涉江》‘纪行’只是一个基础、一个载体、一个背景，更主要的还是‘言志’，我将它称之为‘人生选择宣言书’‘人格魅力宣言书’。”此论甚确。全篇以“且余济乎江湘”为界，分为前后两部分。前半部分，虚写自己生逢浊世，怀才不遇，故跟随舜帝，同赴昆仑，祈求与天地同寿、与日月同光。后半部分，实写自己流放江南，水陆并行，触目荒僻，抑郁独哭，然坚守善道而不肯降服，宁困穷终身而绝不后悔，“是其可爱者在此，其可贵者亦在此”（陈怡良，《屈原文学论集》）。

思考讨论

1. 请比较《涉江》和《离骚》中屈原游历之异同。
2. 在《涉江》中，作者运用哪些写作手法来抒发自己的感情？

哀 郢

皇天之不纯命兮[1]，何百姓之震愆[2]？民离散而相失兮[3]，方仲春而东迁[4]。去故乡而就远兮[5]，遵江夏以流亡[6]。出国门而轸怀兮[7]，甲之鼂吾以行[8]。

注释

[1]不纯命:天命错乱,违反常道。纯:正,常。命:天命。 [2]百姓:百官。《国语·周语》:“百姓兆民,夫人奉利而归诸上。”韦昭注:“百姓,百官也,言有世功受氏姓也。”愆(qiān):罪过,过失。 [3]民:民众,百姓。 [4]方:正当。仲春:农历二月。东迁:往东方迁徙。 [5]去:离开。 [6]江:长江。夏:夏水,汉水其中一段的别名。流亡:四处流荡。 [7]国门:此处指楚国郢都的城门。轸(zhěn)怀:悲痛,沉痛。 [8]甲:古代用干支相配来记录日期,此处指天干的甲日。鼂(zhāo):同“朝”,早晨。

译文

上天竟然违反常道啊,为何百官会受惊犯错?民众离散而不能与家人相保啊,正当仲春时节而我向东方迁徙。我离开故乡而远走他方啊,沿长江、夏水而四处流荡。走出郢都的城门而内心悲伤啊,在甲日那天的清晨我开始启程。

发郢都而去闾兮[1],怊荒忽其焉极[2]?楫齐扬以容与兮[3],哀见君而不再得[4]。望长楸而太息兮[5],涕淫淫其若霰[6]。过夏首而西浮兮[7],顾龙门而不见[8]。心婵媛而伤怀兮,眇不知其所蹠[9]。顺风波以从流兮[10],焉洋洋而为客[11]。

凌阳侯之氾滥兮[12],忽翱翔之焉薄[13]?心絓结而不解兮[14],思蹇产而不释[15]。将运舟而下浮兮[16],上洞庭而下江[17]。去终古之所居兮[18],今逍遥而来东[19]。

注释

[1]闾(lǘ):里门,此处指家乡。　[2]怊(chāo):惆怅。荒忽:即恍惚,迷茫怅惘的样子。焉:哪里。极:尽头,终了。
[3]楫(jí):划船的桨。齐扬:一同举起。容与:缓缓前进。
[4]君:君王,此处指楚怀王。　[5]长楸(qiū):高大的梓树。太息:叹息。　[6]淫淫:涕泪交流不止的样子。霰(xiàn):小雪珠。　[7]夏首:地名,在今湖北省沙市附近,夏水的起点。西浮:向西漂浮。　[8]龙门:郢都的东门。　[9]眇:通"渺",渺远,渺茫。蹠(zhí):踏,此处指托身落脚的地方。　[10]从流:顺流。　[11]焉:于是,就。洋洋:水盛大的样子,此处指漂泊不定的样子。　[12]凌:乘。阳侯:神话中的波涛之神,此处指波涛。传说古代陵阳国诸侯溺水而亡,其神能作波涛。氾(fàn)滥:波涛浩大漫溢的样子。氾:通"泛"。　[13]忽:飘忽。翱翔:此处指船随着汹涌的波涛在水中上下起伏的样子。薄:停止,停靠。　[14]絓(guà)结:牵挂郁结。　[15]蹇(jiǎn)产:曲折纠缠,迂回缠绕。　[16]运:回。下浮:沿江而下。　[17]上洞庭:上溯进入洞庭湖。下江:离开长江。此句中的上、下,是就行舟而言的,船头前进的方向为上,船尾离开的方向为下。

[18]去:离开。终古:永古,长久。所居:居住的地方,此处指故乡郢都。　　[19]逍遥:徘徊。

译文

我从郢都出发而离开家乡啊,惆怅迷茫不知何处才是尽头?船夫一同举起船桨而船儿缓缓前进啊,让我伤心的是想见楚怀王却再也不能。遥望郢都高大的梓树而长长叹息啊,我涕泪交流不止如同雪珠飘散一般。船过了夏首而继续向西漂浮啊,我回望郢都东门而已看不见它。内心悲痛得气喘吁吁而伤心啊,前路渺茫竟不知何处可以托身。随着风波而顺流下行啊,我漂泊不定而客居他方。乘着浩大漫溢的波涛啊,孤舟起伏而哪里可以停靠?心中牵挂郁结而不得排解啊,我情思迂回缠绕而不得释放。我将回转那小舟而沿江下行啊,又上溯进入洞庭湖而离开长江。离开世代居住的故乡郢都啊,如今我孤身徘徊而向东方走。

羌灵魂之欲归兮[1],何须臾而忘反[2]!背夏浦而西思兮[3],哀故都之日远[4]。登大坟以远望兮[5],聊以舒吾忧心[6]。哀州土之平乐兮[7],悲江介之遗风[8]。当陵阳之焉至兮[9],淼南渡之焉如[10]?曾不知夏之为丘兮[11],孰两东门之可芜[12]?心不怡之长久兮[13],忧与愁其相接。惟郢路之辽远兮,江与夏之不可涉[14]。忽若去不信兮[15],至今九年而不复[16]。惨郁郁而不通兮[17],蹇侘傺而含感[18]。

注释

[1]羌(qiāng):楚方言,发语词。　[2]须臾:片刻。反:通“返”,返回。　[3]背:背弃,离开。夏浦:地名。西思:思念位于西面的楚国郢都。　[4]故都:此处指楚国郢都。　[5]大坟:此处指高高的堤岸。　[6]舒:舒缓,舒散。　[7]州土:乡土。　[8]江介:沿江一带,江边沿岸。遗(yí)风:祖先流传下来的民俗民风。　[9]当(dāng):值,遇。陵阳:地名,在今安徽省境内。　[10]淼(miǎo):水面浩大,一望无际。如:往。[11]曾不知:想不到。夏:通“厦”,大屋,此处喻指楚国宫室。丘:丘墟,废墟。　[12]孰:谁。两东门:此处指郢都东边的两个城门,此处喻指楚君昏聩不能抵御外患。　[13]怡:快乐,欢乐。[14]江:长江。夏:夏水。　[15]忽若:迅疾的样子。[16]九年:此处指屈原被流放的时间。复:回,返回。　[17]惨郁郁:悲苦压抑的样子。通:疏通,排解。　[18]蹇:楚方言,发语词。感(qī):通“戚”,忧戚,悲苦。

译文

我的灵魂总想回去啊,哪有片刻忘记返乡!我离开夏浦东行而思念西面的郢都啊,让我哀伤的是离楚国郢都已越来越远。登上高高的堤岸而远远眺望啊,我姑且借此来舒缓心中的忧伤。我哀怜这和平安乐的乡土啊，又感伤沿江一带古朴的民风。到了陵阳我将去往何处啊，水面浩大还能南渡到哪里？想不到楚国的宫室竟然会变成废墟啊，是谁使郢都的两个东门变成荒芜之地？我的心情一直长久不乐啊，旧的烦忧紧接着新的哀愁。回郢都的道路是那么遥远啊，长江与夏水它们又不可涉渡。时间快得真令人难以相信啊，至今已经九年我还未能赦还。心情悲苦压抑而不得排解啊，我失意彷徨而内心满含忧戚。

外承欢之汋约兮[1]，谌荏弱而难持[2]。忠湛湛而愿进兮[3]，妒被离而障之[4]。尧舜之抗行兮[5]，瞭杳杳而薄天[6]。众谗人之嫉妒兮，被以不慈之伪名[7]。憎愠惀之修美兮[8]，好夫人之忼慨[9]。众踥蹀而日进兮[10]，美超远而逾迈[11]。

注释

[1]承欢：献媚讨好而博取欢心。汋(chuò)约：通"绰约"，姿态柔美的样子，此处指阿谀奉承的媚态。　[2]谌(chén)：诚然。荏(rěn)弱：软弱。持：通"恃"，依靠。　[3]湛湛(zhàn zhàn)：厚重的样子。进：进用，启用。　[4]被(pī)离：众多纷乱的样子。被：通"披"。障：阻挡，阻障。　[5]抗行：崇高的品行。　[6]瞭：明亮。杳杳(yǎo yǎo)：高远的样子。薄：迫近，接近。　[7]被(bèi)：加上。不慈：不慈爱自己的子女。传说尧将帝位传予舜而舍弃儿子丹朱，舜将帝位传予禹而舍弃儿子商均的

崇尚行为被一些古人认为是“不慈”。伪名：污蔑的罪名。[8]愠惀(yùn lǔn)：忠诚谦恭的样子。修美：美好，此处指美好之人。　[9]好(hào)：喜好。夫(fú)：代词，那。忼慨：通“慷慨”，此处指巧言令色的样子。　[10]踥蹀(qiè dié)：小步走的样子，此处指小人奔走钻营的样子。　[11]美：美好之人。超：远。逾迈：越来越远离。逾：通“愈”，更加。

译文

群小外表装出求宠的媚态啊，内心却确实软弱而不可依靠。忠贞之士愿为国家贡献力量啊，众多善妒的奸佞之人横加阻拦。尧和舜的崇高品行啊，光明高远而接近云霄。结党营私的群小嫉贤妒能啊，给尧舜加上不慈爱子女的污名。他们憎恶忠诚谦恭的德行美好的贤人啊，反而喜好巧言令色的德行丑恶的小人。结党营私的群小奔走钻营而日渐高升啊，德行美好的贤人却被君王疏离得更加遥远。

乱曰：曼余目以流观兮[1]，冀壹反之何时[2]？鸟飞反故乡兮，狐死必首丘[3]。信非吾罪而弃逐兮[4]，何日夜而忘之[5]？

注释

[1]曼：延长，展开。流观：环看四方。　[2]冀：希望，盼望。壹反：返回一趟。反：通“返”。　[3]首丘：头朝向出生的

山丘，表示不忘其本，也用来比喻思乡。　　[4]信：实在，确实。弃逐：流放，驱逐。　　[5]之：它，此处指楚国郢都。

译文

尾声说：我放眼向着四方环看一周啊，回一次郢都的希望何时能实现？鸟儿一定要返回旧巢啊，狐狸临死必定头向故丘。我确实无辜而被流放啊，哪日哪夜曾把郢都淡忘？

文史链接

“哀郢”，思念郢都。“哀”，刘熙《释名·释言语》：“哀，爱也。爱，乃思念之也。”“郢”，战国时期楚国的国都，在今湖北江陵。郢都是楚国政治、经济、文化中心，也是楚国兴衰存亡的象征。据司马迁在《史记·楚世家》中记载，它始建于楚文王元年（公元前 689 年），直到楚襄王二十一年（公元前 278 年）被秦将白起攻占为止，楚国在此建都长达四百余年。同时，郢都也是屈原出生成长的地方，是屈原的家乡。因此，对于屈原来说，郢都具有家乡、国都的双重含义。

关于《哀郢》的创作时间，王逸认为此篇作于被楚怀王流放时，而洪兴祖则认为此篇作于被楚襄王流放时。目前，学术界比较认同洪兴祖的观点。但屈原创作此篇，具体在哪一年？篇中“皇天之不纯命兮，何百姓之震愆”，应指楚襄王三年（公元前 296 年）时，楚怀王未获天命保佑，客死于秦而归葬于楚，此事震惊了当时的百官。屈原很可能因此指斥令尹子兰，说他负有当年劝告楚怀王入秦的误国之罪。于是,令尹子兰联合上官大夫,一起在楚襄王面前诬陷屈原,结果楚襄王听信谗言而将屈原放逐江南,故篇中曰“方仲春而东迁”。而“忽若去不信兮,至今九年而不复”,则表明屈原此时已经流放在外达九年之久。因此,《哀郢》应是屈原被楚襄王放逐江南九年时所作,时当顷襄王十三年左右。

全篇紧扣一个“哀”字,通过追忆当年离开郢都的情景,来抒发自己思乡恋国之情。周建忠《楚辞讲演录》:“在被放江南九年之后,眼看着国事日非,归郢无望,那种思乡恋阙情绪就表现得更为直接、具体、实在、感人,《哀郢》就是这种思想感情的载体。”全篇首写自己离开郢都之状,次写自己离开郢都之忧,又写自己思念郢都之愁,再写自己痛恨党人之情,末写自己冀返郢都之愿。梁启超在《屈原研究》中评论此篇曰:“任凭是铁石人,读了怕都不能不感动哩。”

思考讨论

1. 请比较《诗经 · 黍离》与《九章 · 哀郢》的异同。

2. 在《哀郢》中,作者是如何运用叙事与抒情相结合的手法的?

抽思

心郁郁之忧思兮[1],独永叹乎增伤[2]。思蹇产之不释兮[3],曼遭夜之方长[4]。悲秋风之动容兮[5]，何回极之浮浮[6]。数惟荪之多怒兮[7]，伤余心之忧忧[8]。愿摇起而横奔兮[9]，览民尤以自镇[10]。结微情以陈词兮[11]，矫以遗夫美人[12]。昔君与我诚言兮[13]，曰黄昏以为期。羌中道而回畔兮[14]，反既有此他志[15]。憍吾以其美好兮[16]，览余以其修姱[17]。与余言而不信兮[18]，盖为余而造怒[19]。

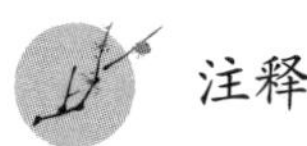

注释

[1]郁郁:忧思抑郁的样子。　　[2]永叹:长叹。增伤:倍加

忧伤。　[3]蹇产:曲折纠缠,迂回缠绕。　[4]曼:漫漫,悠长的样子。　[5]动容:改变容貌,此处指秋风使草木改色。　[6]回极:天极回旋的枢轴。浮浮:浮动震荡的样子。　[7]数(shuò):屡次。惟:思。荪:此处指楚怀王。　[8]伤:使……悲伤。忧忧:忧愁苦闷的样子。　[9]摇:急速地。横奔:任意远奔。　[10]尤:苦难。自镇:自我控制,自我镇定。　[11]陈词:陈述言辞。　[12]矫:举。遗(wèi):赠送。美人:此处指楚怀王。　[13]君:你,此处指楚怀王。诚言:定言,用言辞约定。诚,一本作"成"。　[14]回畔:背叛,此处指背叛前约。回:违背。畔:通"叛",背叛。　[15]他志:别的想法。　[16]憍(jiāo):通"骄",骄矜,夸示。其:此处指楚怀王。　[17]览:显示,炫示。其:此处指楚怀王。修姱(kuā):美好,此处指才能,长处。　[18]信:信守。　[19]盖:通"盍"(hé),何。造怒:无端发怒。

译文

我内心郁结且忧虑啊,独自长叹而倍加忧伤。我情思迂回缠绕而不得排解啊,却又正好遇上秋天的漫漫黑夜。让我悲伤的是秋风使草木改色啊,为何天地又运行得如此浮动震荡。屡次想到楚怀王喜怒无常啊,不禁使我的内心悲伤而愁苦。我本想要迅速起程离国而任意远奔他方啊,但一见到人们的苦难而极力控制我的愿望。结续自己的妙思来陈述言辞啊,我双手举起来把它献给楚怀王。往昔您与我订下口头誓言啊,已说好黄昏作为约会的日期。哪知您中途背叛前约啊,反而已经有了别的想法。用您的美貌向我夸示啊,又用您的才能向我炫耀。与我说好约期而不信守啊,为何又无端找碴对我发怒。

愿承间而自察兮[1],心震悼而不敢[2]。悲夷犹而冀进兮[3],心怛伤之憺憺[4]。兹历情以陈辞兮[5],荪详聋而不闻[6]。固切人之不媚兮[7],众果以我为患[8]。初吾所陈之耿著兮[9],岂至今其庸亡[10]?何毒药之謇謇兮[11]?愿荪美之可光[12]。望三五以为像兮[13],指彭咸以为仪[14]。夫何极而不至兮[15],故远闻而难亏[16]。善不由外来兮,名不可以虚作。孰无施而有报兮,孰不实而有获?

注释

[1]承间:找机会。自察:自明,表明心迹。 [2]震悼:惊恐,恐惧。 [3]夷犹:迟疑不决的样子。冀:希望,盼望。 [4]怛(dá)伤:忧伤。憺憺(dàn dàn):内心动荡不安的样子。 [5]兹历情:"历兹情"的倒装,经历此等情境。历:经历。兹:此。 [6]详:通"佯",佯装。 [7]切人:恳切刚直的人。 [8]众:朝堂上的奸佞小人。 [9]耿著:清楚显明。 [10]庸:乃,就。亡:通"忘",忘记,遗忘。 [11]毒药:一本作"独乐斯",当从。乐:喜欢。斯:此。謇謇:犯颜直谏的样子。 [12]可光:

能够发扬光大。　　[13]三五:三皇和五帝,三皇指伏羲、女娲、神农,五帝指黄帝、颛顼、帝喾、帝尧、帝舜。一说三王和五霸,三王指夏禹、商汤、周文王,五霸指齐桓公、晋文公、秦穆公、宋襄公、楚庄王。像:榜样。　　[14]彭咸:传说为殷代贤臣。
[15]极:终极,目的。　　[16]远闻:远播的声名。

译文

我本想寻找机会表白心迹啊,但心里惊恐不安而不敢启齿。悲伤迟疑又希望觐见您啊,我内心忧伤而又动荡不安。经历此等情境而向您倾诉啊,您竟然佯装耳聋而不愿倾听。本来耿介之人就不会谄媚啊,朝堂奸佞果然把我看成祸患。当初我的陈诉清楚显明啊,难道您现在就已经忘记了?我为何独自喜欢犯颜直谏啊?就希望把您的美德发扬光大。希望您把三皇和五帝作为自己的榜样啊,我要指着犯颜直谏的彭咸把他作为楷模。有什么目标不能够达到啊,因此声名远播而难以亏损。善良不能从外部而来啊,名声也不能够弄虚作假。不施予哪能有回报啊,不结实又哪能有收获?

少歌曰:与美人抽怨兮[1],并日夜而无正[2]。憍吾以其美好兮[3],敖朕辞而不听[4]。

注释

[1]少歌:乐章音节名。美人:此处指楚怀王。抽怨:抒发怨

情。　[2]并日夜：日日夜夜相连。正：订正，评判。[3]憍(jiāo)：通“骄”，骄矜，夸示。其：此处指楚怀王。　[4]敖(ào)：通“傲”，傲慢，无视。

译文

短歌说：我向楚怀王抒发自己的怨情啊，您却整日整夜而没有为我评判。用您的美好来向我夸示啊，傲慢对待我的陈辞而不听。

倡曰：有鸟自南兮[1]，来集汉北[2]。好姱佳丽兮[3]，胖独处此异域[4]。既茕独而不群兮[5]，又无良媒在其侧[6]。道卓远而日忘兮[7]，愿自申而不得。望北山而流涕兮[8]，临流水而太息。望孟夏之短夜兮[9]，何晦明之若岁[10]！惟郢路之辽远兮[11]，魂一夕而九逝[12]。曾不知路之曲直兮[13]，南指月与列星。愿径逝而未得兮[14]，魂识路之营营[15]。何灵魂之信直兮[16]，人之心不与吾心同！理弱而媒不通兮[17]，尚不知余之从容[18]。

注释

[1]倡：同“唱”，乐章音节名。鸟：此处为屈原自喻。南：南

方,此处指郢都。[2]集:栖止,栖宿。[3]姱(kuā):美好。[4]牉(pàn):分离。[5]茕(qióng)独:孤独。[6]良媒:此处指能在楚王面前为自己说合讲情的人。其:此处指楚怀王。[7]卓远:遥远。日忘:此处指被楚怀王一天天淡忘。[8]北山:此处指楚国郢都附近的纪山。[9]孟夏:初夏。[10]晦明:从天黑到天明,一夜。岁:年。[11]郢路:去郢都的道路。[12]魂:梦魂。九:虚数,表明次数之多。逝:往。[13]曾:何,怎么。路:返回楚国郢都的道路。[14]径逝:直接前往。[15]营营:忙忙碌碌的样子,频繁往来的样子。[16]信直:诚信忠直。[17]理:媒人。[18]从容:行为,举止表现。

译文

唱道:有鸟从南方郢都来啊,就栖宿在汉水的北边。容貌多么美好啊,却离群独居异乡。我孤独无依而又不善与人交往啊,又无说合之人在楚怀王您的身旁。去郢都的道路遥远而我一天天被淡忘啊,想要自我申诉却又无法实现自己的愿望。遥望北山而涕流满面啊,我面对流水而连连叹息。我凝望着那初夏的短夜啊,为何从天黑到天明长如年!虽然去郢都的道路多么遥远啊,我的梦魂一夜却往返了很多趟。我怎么不知道去郢都的道路是曲还是直啊,以月亮和群星作为指路的标识向南方行走。想直接前往郢都却没有实现啊,我的梦魂忙忙碌碌地识别道路。我的灵魂为何这般诚信忠直啊,人家的心是不与我的心相同的!媒人笨拙而不能为我说合啊,他们还不了解我的举止表现。

乱曰：长濑湍流[1]，泝江潭兮[2]。狂顾南行[3]，聊以娱心兮[4]。轸石崴嵬[5]，蹇吾愿兮[6]。超回志度[7]，行隐进兮[8]。低佪夷犹[9]，宿北姑兮[10]。烦冤瞀容[11]，实沛徂兮[12]。愁叹苦神，灵遥思兮[13]。路远处幽，又无行媒兮[14]。道思作颂[15]，聊以自救兮。忧心不遂[16]，斯言谁告兮[17]！

注释

[1]濑(lài)：沙石间湍急的浅水。湍流：急流。 [2]泝(sù)：通"溯"，逆着水流而上。江：泛指江河。潭：楚方言，深水。 [3]狂顾：急切回顾。 [4]娱：宽慰，慰藉。 [5]轸(zhěn)石：方如车轸的石头。崴嵬(wēi wéi)：山势高耸的样子。 [6]蹇：挂碍，阻碍。吾愿：此处指我返乡的夙愿。 [7]超回：徘徊。志度：踟蹰。 [8]隐进：行进艰难。 [9]低佪：徘徊，踟蹰。夷犹：犹豫，迟疑。 [10]北姑：地名。 [11]烦冤：烦闷委屈。瞀(mào)容：烦乱不安的神态。 [12]沛：颠沛。徂(cú)：往。 [13]灵：灵魂。遥思：此处指思念遥远的楚国郢都。 [14]行媒：派遣媒人。行：出动。 [15]道思：述说怨情。作颂：撰写颂文。 [16]遂：终了，结束。 [17]谁告："告谁"的倒装，告诉谁。

译文

尾声说:长长的浅水湍急地从沙石上流过,我正在江河的深水中逆流北上啊。我急切回顾而向南方前进,姑且以此宽慰我的忧心啊。方如车轸的石头嶙峋高耸,竟阻碍了我返乡的夙愿啊。我徘徊踟蹰,行进艰难啊。我徘徊犹豫,住在北姑啊。我烦闷委屈而又神态不安,实在是由于我颠沛流离啊。我苦叹而又伤神,神思遥念郢都啊。去郢都的路途遥远而且我的居处偏僻,我又没有派遣媒人去向楚怀王说合啊。我述说怨情而撰写颂文,姑且借它来自解苦楚啊。心中的忧愁无法终了,这些话又能告诉谁啊!

文史链接

王夫之《楚辞通释》:“抽,绎也;思,情也。”结合篇中的内容,“抽思”与此篇“与美人抽怨”句中的“抽怨”同义,也与此篇“道思作颂”句中的“道思”同义,就是把郁结于心的怨情抒写出来的意思。

蒋骥在《山带阁注楚辞》中指出,《抽思》篇中曰“来集汉北”,又前往郢都时曰“南指月与列星”,据此可知汉北为屈原的流放地;另外,篇中曰“昔君与我诚言兮,曰黄昏以为期”,与《离骚》曰“约黄昏以为期兮,羌中道而改路”遥相呼应,这说明《抽思》与《离骚》都作于楚怀王时期。结合此篇内容,我们认为《抽思》是屈原被楚怀王流放、抵达汉北时所作,大概在楚怀王二十七年左右。

此篇用男女的爱情来比喻君臣的关系,以爱情的婚约来比喻君臣的信约,以美人的中途变心来比喻楚怀王的中途失信,以寻求良媒来比喻寻求通君侧之人。全篇以“敖朕辞而不听”为界，分前后两部分。前半部分，以当年离开郢都的秋天时节为背景，追忆自己辅助楚怀王，从被信任到被疏离的过程，并抒发在此期间蒙冤被弃的怨情；后半部分，以如今身处汉北思念郢都为背景，抒发自己身处汉北的痛苦，日夜思念郢都的心情，以及希望楚怀王重新任用自己的愿望。尽管篇中有自救自辩的哀情，但更多的是对国家的忧心、对君王的苦谏。

此篇在结构上有很大的特色，洪兴祖《楚辞补注》：“此章有少歌，有倡，有乱。少歌之不足，则又发其意而为倡；独倡而无与和也，则总理一赋之终，以为乱词云尔。”

思考讨论

1.《抽思》表达了作者怎样的思想情感？

2.请具体谈谈《抽思》中的时空意象。

惜往日

惜往日之曾信兮[1]，受命诏以昭诗[2]。奉先功以照下兮[3]，明法度之嫌疑[4]。国富强而法立兮，属贞臣而日娭[5]。秘密事之载心兮[6]，虽过失犹弗治[7]。

注释

[1]惜:痛惜。曾信:曾经被楚怀王信任。　　[2]命诏:君王对臣民所颁布的诏书。昭诗:一本作“昭时”。昭:使……清明。时:时世,社会。　　[3]奉:承继。先功:先王的功业。照下:照耀下民。　　[4]明:澄清,明确。嫌疑:此处指法度中含糊不清

的地方。　　[5]属(zhǔ):通“嘱”,交付,托付。贞臣:忠贞之臣,此处是屈原自指。娭(xī):通“嬉”,嬉戏,游乐,此处指安乐清闲。[6]秘密事:国家机要机密的事情。载心:放在心中。　　[7]治:惩处。

译文

痛惜我往日曾被楚怀王信任啊,接受君王的诏令而使时世清明。承继先王的功业来照耀下民啊,又澄清法度中含糊不清的地方。那时整个国家繁荣富强而且各项法律制度又确立啊,国事付托于我这个忠贞之臣而君王可每日安乐清闲。我把国家机要机密的事情放于心上啊,即使我有小过失也没有被君王惩处。

心纯庬而不泄兮[1],遭谗人而嫉之[2]。君含怒而待臣兮,不清澈其然否[3]。蔽晦君之聪明兮[4],虚惑误又以欺[5]。弗参验以考实兮[6],远迁臣而弗思[7]。信谗谀之溷浊兮[8],盛气志而过之[9]。何贞臣之无罪兮,被离谤而见尤[10]?惭光景之诚信兮[11],身幽隐而备之[12]。

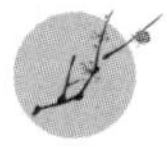

注释

[1]纯庬(máng):纯洁敦厚。不泄:不泄露国家机密。　　[2]之:此处指屈原的这种德行,承上句“心纯庬而不泄兮”而言。

[3]清澈:澄清,明察。然否:是和非。　　[4]蔽晦:遮蔽而使之晦暗。　　[5]虚:虚妄的东西。惑误:同义复词,迷惑。　　[6]参验:比较验证,考察真相。考实:循名核实。　　[7]远迁:放逐到偏远之地。弗思:不加思考。　　[8]溷(hùn)浊:污浊,混浊。　　[9]盛气志:勃然大怒,盛气凌人。过:责罚,加罪。　　[10]被:闻一多《楚辞校补》根据东方朔《七谏》"反离谤而见攘"句,疑此"被"字为"反"字之讹,云"反讹为皮,因改为被也"。离:遭受。见尤:被加罪处罚。　　[11]光景(yǐng):日月天光。景:通"影"。　　[12]身幽隐:身处幽僻隐蔽的地方。备:疑作"避",躲避。

译文

我心地纯洁敦厚而不泄露国家机密啊,竟遭遇奸佞小人而嫉恨我的这种德行。君王含着怒意对待臣下啊,也不明察事情的是非曲直。奸佞小人遮蔽君王耳目而使之昏聩闭塞啊,他们用那些虚妄的东西去迷惑和欺骗君王。君王不比较验证和循名核实啊,以致把我放逐远方而不加思量。听信奸佞小人的污言秽语啊,他又勃然大怒而把我责罚。为什么我这个忠贞之臣没有罪过啊,反而遭来小人的诽谤而被加罪处罚?我惭愧于日月的光辉永恒啊,将隐身幽僻隐蔽之处来躲避。

临沅湘之玄渊兮[1],遂自忍而沈流[2]。卒没身而绝名兮[3],惜壅君之不昭[4]。君无度而弗察兮[5],使芳草为薮幽[6]。焉舒情而抽信兮[7],恬死亡而不聊[8]。独障壅而蔽隐兮[9],使贞臣为无由[10]。

注释

[1]玄渊:深渊。 [2]沈流:投水自尽。沈:通“沉”。 [3]没身:丧生。 [4]壅(yōng)君:受蒙蔽的君王,即昏君,此处指楚襄王。昭:明。 [5]无度:没有是非标准。弗察:不能明察是非善恶。 [6]薮(sǒu)幽:多草湖泽的幽深处。薮:多草的湖泽。 [7]焉:何处,哪里。舒情:抒发心中的情绪。抽信:表达出自己真实的心志。 [8]恬:安,安于。不聊:此处指不苟且于人世。 [9]障壅:障塞,阻塞。蔽隐:遮蔽,隐蔽。 [10]为:连词,相当于“则”“就”。无由:没有出路。由:路。

译文

面对沅水和湘水的深渊啊,我就忍受苦楚而投水自尽。我即使最终身死而又名灭啊,可惜昏君楚襄王还是不明白。君王没有是非标准而不辨忠奸善恶啊,使香草般美善的我掩埋在湖泽幽深处。何处可以倾诉衷情来表明心志啊,我宁愿安然死去而不苟且于人世。君王独自被奸佞小人阻塞和遮蔽啊,使我这个忠贞之臣报国没有出路。

闻百里之为虏兮[1],伊尹烹于庖厨[2]。吕望屠于朝歌兮[3],甯戚歌而饭牛[4]。不逢汤武与桓缪兮[5],世孰云而知之[6]?吴信谗而弗味兮[7],子胥死而后忧[8]。介子忠而立枯兮[9],文君寤而追求[10]。封介山而为之禁兮[11],报大德之优游[12]。思久故之亲身兮[13],因缟素而哭之[14]。

注释

[1]百里:百里奚。他是春秋时期虞国人,有贤能,被晋国俘虏成为奴隶,又逃亡到楚国,后被秦穆公用羊皮赎回,任命为秦国大夫,助秦国成就霸业。 [2]伊尹:又名挚。传说为商汤的贤相,曾做过厨役。庖(páo)厨:厨房。 [3]吕望:姜子牙。传说他为周代的贤相,曾做过屠夫,后被周文王任命为太师,并辅佐周武王完成灭商大业。朝(zhāo)歌:地名。 [4]甯戚:春秋时期卫国人。传说他为齐桓公的贤臣,曾做过商贩,有一日他夜宿齐国东门外,边喂牛边敲击牛角唱歌,抒发自己怀才不遇的苦闷,这些都被齐桓公看见,慧眼识才,收他为客卿。饭:喂养,喂食。 [5]汤:商汤,古代明君。武:周武王,古代明君。桓:齐桓公,春秋五霸之一,古代明君。缪:通“穆”,秦穆公,春秋五霸之一,古代明君。 [6]孰:谁。云:语气助词。 [7]吴:春秋时期吴王夫差,因为听信谗言而逼死伍子胥。弗味:不加体察,不加辨别。 [8]子胥:伍子胥,春秋时期吴国大臣,因屡谏忠言而被迫自尽。 [9]介子:介子推,春秋时期晋国人。他曾跟从晋公子重耳(晋文

公)逃亡他国,途中因为食物短缺,割大腿肉给重耳充饥。后重耳回国称君,众人争功求赏,介子推却携母隐居绵山。晋文公找到介子推,想用烧山的方法逼他出山,介子推坚决不从,最后抱树被焚身亡。介子推死后,晋文公穿素服亲自去哭祭他,并且把绵山下的田地封为介子推的祭田,把绵山改名介山,禁止人们在介山采樵。立枯:抱树站着被烧死。 [10]文君:晋文公。寤:通"悟",醒悟。 [11]介山:绵山。为之:因此。禁:此处指禁止采樵。 [12]大德:此处指介子推随晋文公逃亡途中,割大腿肉给晋文公充饥的恩情。优游:广大的样子。 [13]久故:犹言"故旧",曾多年长久相处的旧友。亲身:亲近身旁,不离身。 [14]缟(gǎo)素:白色的丧服。

译文

听说百里奚曾当过俘虏啊,伊尹曾经在厨房做过厨役。姜子牙曾在朝歌做过屠夫啊,甯戚边放牛边敲击牛角而高歌。不遇商汤、周武王、齐桓公和秦穆公啊,世上又有谁能知道他们卓越非凡的才智?吴王夫差听信谗言而不加辨别啊,竟逼死伍子胥尔后就有亡国之忧。介子推尽忠却抱树站着被烧死啊,晋文公醒悟后立刻访求。封赐介山给他而因此禁止人们在那里采樵啊,晋文公用这种方式来报答介之推的大恩大德。晋文公想起旧友介子推曾患难与共啊,他于是身着白色的丧服而哭吊介子推。

或忠信而死节兮[1],或訑谩而不疑[2]。弗省察而按实兮[3],听谗人之虚辞[4]。芳与泽其杂糅兮[5]，孰申旦而别之[6]？何芳草之早殀兮[7]，微霜降而下戒[8]。谅聪不明而蔽壅兮[9]，使谗谀而日得[10]。自前世之嫉贤兮[11]，谓蕙若其不可佩[12]。妒佳冶之芬芳兮[13]，嫫母姣而自好[14]。虽有西施之美容兮[15]，谗妒入以自代[16]。愿陈情以白行兮[17]，得罪过之不意[18]。情冤见之日明兮[19]，如列宿之错置[20]。

注释

[1]死节：为气节而亡。　[2]诎谩（dàn mán）：欺骗，欺诈。不疑：不被疑忌。　[3]省（xǐng）察：检查自己的思想行为。按实：考察实情。按：考察，审查。　[4]虚辞：虚妄不实的假话。[5]泽：污垢。杂糅：混杂在一起。　[6]申旦：天天。申：重复。旦：日。别：辨别，区分。　[7]殀：通“夭”，早亡。　[8]微霜：薄霜，初霜。戒：警戒，戒备。　[9]谅：诚然，确实。聪不明：“不聪明”的倒装，不能够听清楚看明白。　[10]得：得志。[11]嫉贤：嫉妒贤能之人。　[12]蕙若：蕙草和杜若，皆为香草名。　[13]佳冶（yě）：此处指美人。　[14]嫫（mó）母：古代传说中黄帝的妻子，容貌奇丑。姣（jiāo）：美好，此处指卖弄扭捏的样子。自好：自认为美好。　[15]西施：春秋时期越国有名的美女。　[16]自代：自行取代。　[17]陈情：陈述衷情。白行：表白行迹。　[18]不意：出乎意外。　[19]见：通“现”，显现。日明：日益分明。　[20]列宿：众星。错置：措置，

安放。错：通“措”，安置，设置。

译文

有的人忠诚信义却守节而死，有的人欺诈瞒骗却没有被君王疑忌。君王既不反省自己又不考察实情啊，竟听信奸佞小人的虚妄不实的言辞。芳草与污垢纵然糅合在一起啊，谁又能天天地把它们区分开来？为什么芳草过早死亡啊，薄霜初降而没有戒备。君王诚然耳不聪目不明而被遮蔽阻塞啊，因此就使得那些谄谀小人日益得志猖狂。自古以来世人就嫉妒贤人啊，认为蕙草和杜若不能佩戴。嫉妒美人身上的馥郁芳香啊，嫫母卖弄扭捏而自以为美好。纵然拥有西施的绝世美貌啊，谗妒者也会钻营而谋求取代。想陈述衷情而表白行迹啊，我获罪受罚实在出乎意外。我的实情和枉屈日益分明啊，就像众星安置在天空上一样。

乘骐骥而驰骋兮[1]，无辔衔而自载[2]。乘氾泭以下流兮[3]，无舟楫而自备[4]。背法度而心治兮[5]，辟与此其无异[6]。宁溘死而流亡兮[7]，恐祸殃之有再[8]。不毕辞而赴渊兮[9]，惜壅君之不识[10]。

注释

[1]骐骥(qí jì)：骏马。

[2]辔(pèi)：马缰绳。衔：马嚼

子。自载:徒手驾驭。　[3]氾(fàn):通“泛”,漂浮,泛起。泭(fú):通“桴”木筏。下流:顺流而下。　[4]舟楫:划船所用的桨。自备:自我用力。备:用。　[5]心治:按照个人意愿办事。　[6]辟:通“譬”,譬如,比方。　[7]溘(kè):奄忽,倏忽。流亡:灵魂四处游荡,即死亡。　[8]有再:“再有”的倒装,再次发生。　[9]毕辞:说完话。赴渊:投水。　[10]壅(yōng)君:被奸佞壅蔽而昏庸的君主,此处指楚襄王。不识:不明白,不觉悟。

译文

君王想要乘着骏马而奔腾驰骋啊,却无马缰绳和马嚼子而徒手驾驭。想要乘着浮在水面上的木筏而顺流下行啊,君王却无可以用来划水的船桨而徒手用力。背弃法度而随心所欲地做事啊,好像与此种情形没有什么区别。我宁愿奄忽死去而灵魂四处游荡啊,但让我担心的是灾祸还会再次发生。我还没有把自己的话说完而马上去跳江自沉啊,但让我痛惜的是昏君楚襄王并不了解我的衷情。

文史链接

“惜往日”,痛惜往日之意。据篇中“临沅湘之玄渊兮,遂自忍而沈流”“不毕辞而赴渊兮,惜壅君之不识”等句,可知《惜往日》应作于楚襄王时期,屈原临渊自沉汨罗江的前夕。

从篇中我们可以感受到屈原与楚怀王、楚襄王这两任君主之间微妙的关系。《惜往日》开头六句,屈原深情地追忆自己往日曾深得楚怀王的信任,并明确地说出自己的法治思想。据司马迁在《史记·屈原贾生列传》中记载,楚怀王时期,屈原曾担任左徒,“入则与王图议国事,以出号令;出则接遇宾客,应对诸侯”,同时他还受命制定法令,以图振兴楚国。正是由于这样一段美好的相处时光,尽管屈原后来被楚怀王流放,但他仍旧在其他作品中一再向楚怀王陈述自己的衷情,并用“美人”“荃”“荪”等美称来比喻楚怀王,始终表现出对楚怀王重新任用自己的期待。

跟楚怀王相比,楚襄王与屈原几乎没有什么深情厚谊。楚襄王不仅不吸取楚怀王覆辙的沉痛教训,反而变本加厉,误信谗言,不辨忠奸,废弃法制,不明是非,终于使国家日益陷入败亡的危境。故篇中一再指斥楚襄王为“壅君”,曰“惜壅君之不昭”“惜壅君之不识”。在此篇中,屈原一再向楚襄王阐述这样的道理:用贞臣则法度立,弃贞臣则法度废;法度立则国强,法度废则国危。同时,屈原也一再向楚襄王表明自己担心的不是个人的安危,而是国家的兴亡,“宁溘死而流亡兮,恐祸殃之有再”。

全篇以“使贞臣为无由”为界,分前后两部分。前半部分痛惜自己昔日曾获楚怀王的重用,而今日自己却遭到楚襄王的放逐;后半部分痛惜历史上贤臣曾获明君的赏识,而今日自己却遭到楚襄王的鄙弃。此篇语言平实而寡蕴,不如屈原其他作品奇奥而深醇,这是屈原赴死前的最后一次自白、最后一次谏言。

思考讨论

1. 王萌在《楚辞评注》中注此篇曰:“所惜者往日,所恨者今日也。”对此,你如何理解?

2. 曾国藩《读书录·楚辞》:“余读屈原《九章·惜往日》亦疑其赝作。何以辨之?曰:不类。”请结合作品,谈谈你的看法。

橘　颂

后皇嘉树[1],橘徕服兮[2]。受命不迁[3],生南国兮[4]。深固难徙[5],更壹志兮[6]。绿叶素荣[7],纷其可喜兮[8]。曾枝剡棘[9],圆果抟兮[10]。青黄杂糅[11],文章烂兮[12]。精色内白[13],类可任兮[14]。纷缊宜修[15],姱而不丑兮[16]。

注释

[1]后:后土,对大地的尊称。皇:皇天,对天的尊称。
[2]徕(lái):通“来”。服:适应。　[3]受命:受命于天,即天性。
[4]南国:此处指楚国。　[5]深固:根深蒂固。　[6]壹:专一。　[7]素:白色。荣:草本植物开的花。　[8]纷:众多的样子。　[9]曾:通“层”。剡(yǎn):锐利。棘:刺。　[10]抟(tuán):通“团”,圆。　[11]杂糅:混杂在一起。　[12]文章:纹理色彩。烂:灿烂,有光彩。　[13]精色:颜色鲜明。内白:内瓤洁白。　[14]类:似,好像。任:担任,担当。
[15]纷缊(yūn):芬芳浓郁的样子。宜修:修饰装扮得恰到好处,得体适宜。　[16]不丑:出类拔萃,与众不同。丑:类。

译文

皇天后土间嘉美的橘树，它生来适应南方水土啊。它受命于天而不可迁徙，生长于这南方的楚国啊。它根深蒂固而难以迁移，又加上它专一的意志啊。它有绿色的叶白色的花，繁多得让人欣喜不已啊。它有层叠的树枝锐利的刺儿，结出的果实真是圆实饱满啊。青色与黄色混杂在一起，果皮的纹理色彩灿烂啊。它有鲜明的外壳白色的内瓤，正像可当重任的君子品格啊。它香味芬芳而修饰得体适宜，真是美妙无比而出类拔萃啊。

嗟尔幼志[1]，有以异兮[2]。独立不迁，岂不可喜兮！深固难徙，廓其无求兮[3]。苏世独立[4]，横而不流兮[5]。闭心自慎[6]，不终失过兮[7]。秉德无私[8]，参天地兮[9]。愿岁并谢[10]，与长友兮[11]。淑离不淫[12]，梗其有理兮[13]。年岁虽少[14]，可师长兮[15]。行比伯夷[16]，置以为像兮[17]。

注释

[1]嗟：叹词，表示赞美。　[2]以：代词，相当于“其”。异：与众不同。　[3]廓：胸怀宽阔，豁达。　[4]苏：醒，清醒。　[5]横：横绝，磊落不群。　[6]闭心：坚守心志。　[7]失过：犯下过错。　[8]秉：保持。　[9]参：合，契合。　[10]岁：岁月。谢：逝，去。　[11]长友：长久为友。

[12]淑离:美好鲜明的样子。淑:善。离:明。淫:过分,淫佚。

[13]梗:枝干坚挺。理:纹理。 [14]少(shào):幼,年轻。

[15]师长:为师为长。 [16]行:品行,品德。伯夷:商末人孤竹君之长子。周灭商以后,伯夷耻食周粟而饿死在首阳山。

[17]像:榜样。

译文

我赞美橘树你从小就立下志向,你有与其他草木不同的地方啊。独自挺立而不可迁徙,怎能够不让人喜欢啊!你根深蒂固而难以迁徙,胸怀宽阔而无求于世啊。你头脑清醒独自傲然挺立于人世间,敢于特立独行而不随世俗的好尚啊。你坚守心志而又自我谨慎,始终没有犯下什么过错啊。你保持美德大公无私,可以与天地相般配啊。愿与你共度美好岁月,与你长久地做朋友啊。你美好鲜明而终不淫佚,枝干挺直而富有纹理啊。你的年纪虽然不大,却可以为师为长啊。你的品行可以与伯夷相比肩啊,把你种在园中作为自己的榜样。

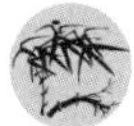

文史链接

“橘颂”,对橘的颂赞。“橘”,楚地一种有名的特产。《橘颂》是我国文学史上现存最早的咏物之作。篇中的“橘”,已不再只是陪衬起兴之物,而是主要咏赞的对象。

关于《橘颂》的创作时间,有人认为作于屈原晚年,有人认为作于屈原早年。从作品本身来看,此篇应属于屈原早年遭受谗言时所作。首先，从语言句式来看，此篇继承《诗经》四言句式而来，可以说是《诗经》演进到成熟骚体的过渡之作。其次，从情感基调来看，此篇没有流露出被流放的怨愤之情，反而表现出积极向上、矫昂不群的欢快之情。最后，从篇中“嗟尔幼志”“年岁虽少”等句来看，年轻的橘正是屈原早年形象的投射。当然，屈原写作此篇时，很可能正遭遇君王的误会、谗佞的诬陷，篇中“受命不迁”“闭心自慎”“行比伯夷”等句大概由此而来。

黄文焕在《楚辞听直》中认为，此篇前半部分写橘，后半部分写屈原自己。此论看似高见，实则腐谈。全篇虽可分为前后两部分，但自始至终都在热情赞颂橘。前半部分重在写橘的外在美，包括挺拔的树干、翠绿的叶子、素白的花朵、层叠的枝条、尖锐的刺儿、圆满的果实等；后半部分重在写橘的内在美，包括“廓其无求”“苏世独立”“横而不流”“闭心自慎”“秉德无私”等。在屈原笔下，橘既有外在美又有内在美。显然，屈原是借赞美橘的秉质，来寄托自己的情志。因此，《橘颂》既是咏物之作，也是言志之作。

思考讨论

1. 请具体谈谈作者是如何颂橘的。

2. 林云铭《楚辞灯》：“一篇小小物赞，说出许多大道理……看来两段中句句是颂橘，句句不是颂橘。分不得是一是二，彼此互映，有镜花水月之妙。”对此，你是否赞同？请谈谈自己的看法。

第五章 招 魂

朕幼清以廉洁兮[1]，身服义而未沬[2]。主此盛德兮[3]，牵于俗而芜秽[4]。上无所考此盛德兮[5]，长离殃而愁苦[6]。帝告巫阳曰："有人在下[7]，我欲辅之。魂魄离散[8]，汝筮予之[9]！"巫阳对曰："掌梦[10]。上帝其难从。若必筮予之[11]，恐后之谢[12]，不能复用。"

注释

[1]朕：我。先秦时一般人通用，秦始皇时才规定为帝王专用。 [2]身：亲自。服：服行。沬(mèi)：休，止。 [3]主：守。盛德：盛美的德行。 [4]牵：被……所牵累。芜秽：荒芜污秽。 [5]上：此处指君王。考：考察。 [6]离：通"罹"，遭遇。 [7]帝：上帝，天帝。巫阳：神话中的神巫。人：此处指楚怀王。下：此处指下界。 [8]魂魄：古人认为，人的精神为魂，人的身体为魄。 [9]筮(shì)：卜筮，古时用蓍(shī)草卜吉凶。予：给予。 [10]掌梦：掌梦之官。 [11]若：如果。

[12]谢:消逝,凋落,此处指身体腐烂。

译文

我自幼品行清白而廉洁啊,亲身恭行仁义而没有停止。坚守这盛美的德行啊,却被世俗牵累而荒弃。君王不察我的美德啊,使我长期遭难而愁苦。上帝告诉巫阳说:“有个楚怀王在下界,我想要帮助他一把。他的魂魄已经离散,你去卜筮还魂给他!”巫阳回答说:“这应当是掌梦之官的职责。上帝您的命令我难以遵从。如果一定要卜筮还魂给他,恐怕占卦完他的身体已腐烂,而招来的灵魂他也不能再用。”

文史链接

司马迁《史记·屈原贾生列传》:“余读《离骚》《天问》《招魂》《哀郢》,悲其志也。”显然,司马迁把《招魂》视为屈原的作品。但王逸在《楚辞章句》中却认为《招魂》是宋玉的作品,曰:“招魂者,宋玉之所作也。”可见,从汉代起《招魂》的著作权就打上了官司。但司马迁是西汉人,而王逸是东汉人,前者比后者自然先读到屈原的作品。因此,在没有其他可驳倒司马迁的铁证之下,应当认为《招魂》为屈原所作。

此节为序言,屈原先自述愁苦,后假托巫阳来招魂。

招魂是一种带有原始宗教性的习俗,在巫风盛行的楚国广为流传。王逸《楚辞章句》:“招者,召也。以手曰招,以言曰召。魂者,身之精也。”招魂主要有招生魂和招亡魂两种形式。古人认为，人之所以身体有恙，是因为灵魂离开了体魄；如果能召唤灵魂回归到体魄上，则病人就能康复。因此，招生魂就是为了让人的体魄和灵魂重新结合在一起。而招亡魂则是为了让死者的灵魂和尸体一同安葬。正所谓“入土为安”，这里所谓的“安”应指不会因身体而死去的灵魂。“用死者生时衣服作标志（诱饵），把离开形体的灵魂招来附在衣服上，尔后将这衣服覆盖尸体，使神形再次结合，最后把尸体与灵魂一同葬入坟墓；甚至还要插上‘招魂幡’。使游离的灵魂再返回形体，就叫做‘复’，这种仪式就叫做‘复礼’”（金式武，《〈楚辞·招魂〉新解》）。本篇当为招亡魂以安葬。

思考讨论

请查阅相关资料，谈谈楚地的“招魂”文化。

巫阳焉乃下招曰[1]：“魂兮归来！去君之恒干[2]，何为四方些[3]？舍君之乐处，而离彼不祥些[4]。

注释

[1]焉乃：于是。下：降临下界。古人认为，巫能降神，神附于巫身而传达旨意。招：招回魂灵。　[2]去：离开。君：此处指楚怀王的灵魂。恒干：灵魂平常所寄托的固定的躯体。
[3]四方：此处指在四方游荡。些（suò）：语末收声词。

[4]离:通“罹”,遭遇。

译文

巫阳于是下凡召唤说:“灵魂啊归来吧! 离开您自己的躯体,为何到四方去游荡? 舍弃您快乐的居处,而遭遇险恶的事物。

魂兮归来! 东方不可以讬些[1]。长人千仞[2],惟魂是索些。十日代出[3],流金铄石些[4]。彼皆习之,魂往必释些[5]。归来兮! 不可讬些。

注释

[1]讬(tuō):通“托”,寄居,托身。 [2]长人:高大的巨人。仞(rèn):古代的长度单位,八尺或者七尺叫做一仞。
[3]十日:十个太阳。代:更替,轮流。 [4]流金:此处指灼热的太阳把金属都晒成流淌的液体。铄(shuò)石:此处指灼热的太阳把石头都晒到销熔了。 [5]释:熔化,消散。

译文

灵魂啊归来吧! 东方不可寄居。那里有千仞高的巨人,专门捕食人的灵魂。那里有十个太阳更替而出,晒得金属成液体石头销熔了。当地人都已习惯那个地方,但您的灵魂前去定会消散。归来吧! 东方不可寄居。

魂兮归来！南方不可以止些[1]。雕题黑齿[2]，得人肉以祀，以其骨为醢些[3]。蝮蛇蓁蓁[4]，封狐千里些[5]。雄虺九首[6]，往来倏忽[7]，吞人以益其心些。归来兮！不可以久淫些[8]。

注释

[1]止：停留。　[2]雕题：在前额雕刻花纹。题：前额。黑齿：用漆把牙齿染黑。　[3]醢：肉酱，此处指骨头剁成的粉末。[4]蝮蛇：南方的一种毒蛇名。蓁蓁（zhēn zhēn）：聚集在一起的样子。　[5]封狐：大狐狸。封：大。　[6]雄：大。虺（huǐ）：毒蛇名。　[7]倏（shū）忽：很快的样子。　[8]淫：沉溺，久留。

译文

灵魂啊归来吧！南方不可停留。当地人前额刻花纹用漆把牙齿染黑，割下人肉作为祭祀用的祭品，还要把剩下的人骨剁成粉末。蝮蛇聚集在一起，大狐狸也到处流窜。凶猛的大毒蛇有九个头，往来匆匆疾如闪电一般，吞食人来补益它的心肠。归来吧！南方不可久留。

魂兮归来！西方之害，流沙千里些[1]。旋入雷渊[2]，爢散而不可止些[3]。幸而得脱[4]，其外旷宇些。赤蚁若象[5]，玄蜂若壶些[6]。五谷不生，丛菅是食些[7]。其土烂人[8]，求水无所得些。彷徉无所倚，广大无所极些[9]。归来兮！恐自遗贼些[10]。

注释

[1]流沙：流动的沙丘，能够掩埋人或者动物。　[2]雷渊：传说中的深渊名。　[3]靡(mí)散：此处指身体碎裂，粉身碎骨。靡：同"靡"，粉碎。　[4]脱：逃脱，逃离。　[5]赤蚁：红色的蚂蚁。　[6]玄蜂：黑色的蜂。壶：同"瓠"(hù)，葫芦。[7]菅(jiān)：一种野茅草。　[8]烂人：使人皮肉焦烂。[9]极：尽头，终了。　[10]遗(wèi)：给予。贼：灾害，祸害。

译文

灵魂啊归来吧！西方到处都有灾害，流动的沙丘达千里。人一旦被卷进深渊里，粉身碎骨而不得止息。纵然侥幸而能逃脱，四周是空旷的原野。红色蚂蚁如大象，黑色的蜂像葫芦。那里五谷都不生长，只能吃丛丛野茅草。那里土地烂人皮肉，想要找水无处可得。您的灵魂彷徨徘徊无依靠，那里土地广阔无边没尽头。归来吧！否则恐怕自招祸害。

魂兮归来！北方不可以止些。增冰峨峨[1]，飞雪千里些。归来兮！不可以久些[2]。

注释

[1]增冰:层叠的坚冰,此处指冰山。增:同“层”。峨峨:高峻耸立的样子。　　[2]久:久留。

译文

灵魂啊归来吧!北方不可停留。冰山高峻耸立,飞雪笼罩千里。归来吧!不可以久留。

魂兮归来!君无上天些[1]。虎豹九关[2],啄害下人些[3]。一夫九首,拔木九千些。豺狼从目[4],往来侁侁些[5]。悬人以娭[6],投之深渊些。致命于帝[7],然后得瞑些[8]。归来!往恐危身些。

注释

[1]无:通“毋”,不要。　　[2]九(jiū):通“纠”,把守。关:门闩,此处指天门。　　[3]下人:下界的人。　　[4]从目:竖生着眼睛。从:通“纵”。　　[5]侁侁(shēn shēn):众多的样子。[6]娭:通“嬉”,嬉戏,取乐。　　[7]致命:复命。　　[8]瞑:闭上眼睛,此处指睡觉。

译文

灵魂啊归来吧！您不要上天去。虎豹看守天门，吞吃下界凡人。一个巨人有九个头，一下能拔树九千棵。豺狼只只竖生着眼睛，数量众多且成群往来。将人悬吊来取乐，之后再投入深渊中。他们向天帝复命，然后才能够睡觉。归来吧！若去恐怕危害自身。

魂兮归来！君无下此幽都些[1]。土伯九约[2]，其角觺觺些[3]。敦脄血拇[4]，逐人駓駓些[5]。参目虎首[6]，其身若牛些。此皆甘人[7]。归来！恐自遗灾些。

注释

[1]幽都：阴曹地府。地下幽冥，故称“幽都”。　[2]土伯：地府的妖魔之王，把守地府门户。九约(jiū yào)：把守关口。九：通“纠”，把守。约：通“钥”，关口。　[3]觺觺(yí yí)：角锐利的样子。　[4]敦：厚。脄(méi)：通“脢”，背脊肉。血拇：沾染着血的指爪。拇：手脚的大指头，此处泛指爪。　[5]駓駓(pī pī)：迅速奔走的样子。　[6]参：通“三”。　[7]甘人：把人肉当作美食。甘：以……为美味。

译文

灵魂啊归来吧！您不要下地府。土伯把守进出的关口，头顶上的尖角很锐利。他肩背宽厚指爪染血，追逐人时迅速地奔走。三只眼睛老虎头，他的身形就像牛。他们都把人肉当美味。归来吧！否则恐怕自招灾难。

魂兮归来！入修门些[1]。工祝招君[2]，背行先些[3]。秦篝齐缕[4]，郑绵络些[5]。招具该备[6]，永啸呼些[7]。魂兮归来！反故居些[8]。

注释

[1]修门：楚国郢都城南关三门之一。　[2]工祝：司祭礼之官。工：官。祝：男巫。　[3]背行：倒退着行走。先：先导，引导，走在前面。　[4]秦篝（gōu）：秦国的竹笼，一种招魂的工具。齐缕：齐国的绳线。　[5]郑绵：郑国的棉絮。络：编织，此处指编织衣服。古人认为用竹笼装被招魂者的衣服可以使灵魂有所栖止依附。　[6]招具：招魂用的工具。该备：完备，齐备。[7]永：长久。　[8]反：通“返”。故居：旧居，此处指楚国王宫。

译文

灵魂啊归来吧！进入郢都修门。工祝正在招您的灵魂，他倒退着在前面引路。秦国的竹笼齐国的绳线，用郑国的棉絮编织衣服。招魂用的工具已经完备,他长久地呼唤您的灵魂。灵魂啊归来吧！返回您的旧居。

文史链接

《招魂》所招的对象到底为谁？对此,学术界颇有歧说。或曰所招的对象为屈原的生魂,或曰所招的对象为楚怀王的亡魂。我们认为,《招魂》所招的对象应当是楚怀王的亡魂。首先,从史料记载上看,据《史记·楚世家》记载,楚怀王三十年,秦昭王约楚怀王在武关会面,怀王不听屈原的劝阻,西入秦国。秦昭王要挟楚怀王割让楚国的巫、黔中二郡给秦国,但楚怀王不答应,秦昭王因此扣留楚怀王,不让楚怀王返回楚国。楚襄王三年,楚怀王身死于秦国而归丧于楚国,"楚人皆怜之,如悲亲戚"。当屈原得知此事时,作为楚怀王昔日的大臣,他自然深切悲痛楚怀王客死他国,热切盼望楚怀王魂返故都,故挥笔写下这篇奇伟诡谲的作品。其次,从作品本身来看,此篇极力铺陈楚国的"宫室居处之美,饭食服御之奢,乐舞游艺之盛"(郭沫若,《屈原研究》),而这种生活环境只有君王才能拥有。篇中"旋入雷渊,爢散而不可止些""恐自遗贼些""往恐危身些",这似乎也在暗示楚怀王一入秦国,就像自投虎口,一去难返。又次,篇中"去君之恒干"则说明所招之魂不可能是生魂,而应该是亡魂。故应以诗人屈原所作招楚怀王亡魂为是。

此节铺写屈原召唤楚怀王的亡魂,以陈述楚国境外天地四方的险恶,来恐吓楚怀王的亡魂不可留在境外,应该速速回归故国。

思考讨论

请具体谈谈此节中所写的“可怖”之处。

天地四方,多贼奸些[1]。像设君室[2],静闲安些。高堂邃宇[3],槛层轩些[4]。层台累榭[5],临高山些[6]。网户朱缀[7],刻方连些[8]。冬有突厦[9],夏室寒些。川谷径复[10],流潺湲些[11]。光风转蕙[12],汜崇兰些[13]。

注释

[1]贼奸:祸害邪恶,此处指害人的东西。 [2]像设:想象,设想。 [3]邃(suì):深远。 [4]槛(jiàn):栏杆。轩:走廊,长廊。 [5]层:层叠。累:重叠。榭(xiè):台上的屋子。[6]临:面对。 [7]网户:此处指雕刻有网状花格的门扇。缀:装饰,点缀。 [8]刻方:雕刻的方形花格。 [9]突(yào):复室,结构重深之屋。厦(shà):通“厦”,大屋。 [10]径复:萦回往复,曲折环绕。 [11]潺湲(chán yuán):水缓慢流动的样子。 [12]转:流转,吹动。蕙:蕙草,香草名。 [13]汜(fàn):通“泛”,此处指吹动,摇动。崇:通“丛”,丛生。兰:兰草,香草名。

译文

天上地下四面八方，大多有害人的东西。想象一下您的居室，显得既安静又闲适。高大的厅堂深深的屋宇，栏杆围绕着层层的长廊。层叠的高台重叠的屋榭，面对着巍峨高耸的群山。网状的门扇红色为饰，雕刻的方形花格相连。冬天有温暖的复室大屋，夏天有通风凉快的居室。河谷萦回往复，水流缓缓流淌。日出的和风吹转蕙草，也摇动着丛生的兰草。

经堂入奥[1]，朱尘筵些[2]。砥室翠翘[3]，挂曲琼些[4]。翡翠珠被[5]，烂齐光些。蒻阿拂壁[6]，罗帱张些[7]。纂组绮缟[8]，结琦璜些[9]。

注释

[1]奥：房屋的角落，此处指内室。　[2]尘：承尘，屋顶棚。筵：垫底的竹席。古人席地而坐，设席每每不止一层。紧靠地面的一层称筵，筵上面的一层称席。　[3]砥(dǐ)室：用磨平的石板砌成的室壁。翠翘：翠鸟尾巴上的长羽。　[4]曲琼：弯曲的玉帐钩。　[5]翡翠：鸟名，形如燕，羽毛很美丽，此处指翡翠鸟的羽毛。珠被：缀以明珠的锦被。　[6]蒻(ruò)：通“弱”，柔软，细软。阿：通“缯”，一种丝织品。拂壁：遮盖墙壁。　[7]罗：一种丝织品，轻软而稀疏。帱(chóu)：帐子。　[8]纂(zuǎn)：纯赤色的丝带。组：五色相杂的丝带。绮(qǐ)：有色彩的丝带。缟(gǎo)：纯白色的丝带。　[9]琦(qí)：美玉。璜(huáng)：半璧形

的玉器。

译文

经过厅堂进入内室，红色顶棚竹席铺地。用磨平的石板砌成的室壁插着翠羽，弯曲的玉帐钩悬挂在各边的床柱上。翡翠鸟的羽毛和锦被上的明珠，它们的光芒交相辉映、灿烂夺目。细软的缯遮盖墙壁，罗制的帐子挂于床。各色丝带垂于房中，联结着美玉和玉璜。

室中之观[1]，多珍怪些。兰膏明烛[2]，华容备些[3]。二八侍宿[4]，射递代些[5]。九侯淑女，多迅众些[6]。盛鬋不同制[7]，实满宫些[8]。容态好比[9]，顺弥代些[10]。弱颜固植[11]，謇其有意些[12]。姱容修态，絙洞房些[13]。蛾眉曼睩[14]，目腾光些[15]。靡颜腻理[16]，遗视矊些[17]。离榭修幕[18]，侍君之闲些。

注释

[1]观：此处指所见的东西。　　[2]兰膏：兰香的油脂。膏：油脂。　　[3]华容：华美的容颜，此处指绝世的美人。备：齐备，齐全。　　[4]二八：两列，每列八人，共十六人。侍宿：侍候过夜。　　[5]射：应作“夕”，当夕。古代王宫，君王的妾侍众多，侍

候君王过夜的人彼此间要更替，轮到的那一晚，就叫做“当夕”。递代：轮换值班。　[6]迅众：超群出众。迅：通“迿”，超越，超出。　[7]鬋(jiǎn)：鬓发。制：制式，样式。　[8]实：充实，充满。　[9]比：并，齐。　[10]顺：真正。弥代：绝代，盖世。[11]弱颜：柔嫩的容貌。固：坚定，坚贞。植：通“志”，心志，志趣。[12]謇(jiǎn)：楚方言，发语词。　[13]絚(gēng)：通“亘”，绵延交错不断，此处指美女往来不绝的样子。洞房：幽深的房，卧室。[14]蛾眉：像蚕蛾触须般弯曲而细长的眉毛。曼：展开，延长。睩(lù)：谨视，此处指眼睛。　[15]腾光：闪射出光彩。
[16]靡：细腻，细致。腻：滑柔，光滑。理：皮肤的肌理。
[17]𥆧(mián)：脉脉含情的样子。　[18]离榭：离馆的台榭。修幕：大帐篷。

译文

宫室中所见的东西，大多是珍奇的东西。兰香的油脂制成的灯烛明亮地燃着，绝世的美人也应有尽有地等候在两旁。十六个侍女侍候过夜，夜间更替轮换着值班。来自各诸侯国的淑女，她们又大多超群出众。美盛的鬓发各异的发式，已充满着您的整个宫殿。容貌姿态都美好，真正称得上绝代。柔嫩的容貌坚贞的心志，各有着动人心神的意态。姣好的容貌美好的体态，络绎不绝地穿梭于卧室。修长的蛾眉下转动双眸，她们的双眸闪射出光彩。细腻的容颜滑柔的皮肤，她们投送眼神脉脉含情。离馆的台榭高大的帐篷，在您闲暇时陪同您消闲解闷。

翡帷翠帐，饰高堂些。红壁沙版[1]，玄玉梁些[2]。仰观刻桷[3]，画龙蛇些。坐堂伏槛[4]，临曲池些。芙蓉始发[5]，杂芰荷些[6]。紫茎屏风[7]，文缘波些[8]。文异豹饰[9]，侍陂陁些[10]。轩辌既低[11]，步骑罗些[12]。兰薄户树[13]，琼木篱些[14]。魂兮归来！何远为些？

注释

[1]红壁:用红泥涂饰的墙。沙版:用丹砂涂饰的版。 [2]玄玉:黑色的玉石。梁:房梁。 [3]刻桷(jué):雕刻过的方形椽子。 [4]伏:靠凭,身体前倾倚靠在物体上。 [5]芙蓉:荷花。始发:初开。 [6]芰(jì)荷:荷叶。 [7]屏风:水葵,茎紫色。 [8]文:通“纹”,此处指荡起纹理。缘:因。 [9]文异:斑纹奇异。豹饰:豹皮的衣饰。 [10]侍:侍卫,守卫。陂陁(pō tuó):高低不平的山坡。 [11]轩:有高篷的车。辌(liáng):古代一种有窗户的卧车。低:通“抵”,抵达,到达。 [12]步:步兵。骑:骑兵。 [13]薄:迫近,接近。 [14]琼木:玉树,此处指名贵的树木。篱:排成藩篱。

译文

翡翠鸟羽毛做成的帷帐,装饰在那高大的厅堂上。红泥涂饰的墙壁丹砂涂饰的轩版,黑色的玉石装饰在厅堂的房梁上。抬头看雕琢的方形屋椽,上面刻画着龙蛇的图案。坐在堂前倚靠栏杆,临视那曲折的清池。粉红的荷花初开,夹杂在荷叶中间。那些紫色茎干的水葵,正随着水波荡起纹理。身穿斑纹奇异的豹皮衣饰的武士,一直守卫在那高低不平的山坡上。篷车卧车纷纷抵达,步兵骑兵排列成行。兰草紧挨着门前的大树,名贵的树木围成了藩篱。灵魂啊归来吧!为何要飘荡去远方?

室家遂宗[1],食多方些[2]。稻粢穱麦[3],挐黄粱些[4]。大苦咸酸[5],辛甘行些[6]。肥牛之腱[7],臑若芳些[8]。和酸若苦[9],陈吴羹些[10]。胹鳖炮羔[11],有柘浆些[12]。鹄酸臇凫[13],煎鸿鸧些[14]。露鸡臛蠵[15],厉而不爽些[16]。

注释

[1]室家:家族,宗亲。宗:聚集,相聚。　[2]多方:多种多样,式样众多。　[3]粢(zī):稷,小米。穱(zhuō):一种早熟的麦子。　[4]挐(rú):掺杂,杂糅。黄粱:一种黄米,味香。　[5]大:此处指味道很重。　[6]辛:辣。甘:甜。　[7]腱(jiàn):筋上的肉,味道鲜美。　[8]臑(ér):煮得熟烂。若:而。　[9]和:调和。若:与。　[10]陈:摆上,陈列。　[11]胹(ér):煮得熟烂。炮(páo):一种烹饪方法,把牲畜连毛裹泥烤熟。羔:小羊。　[12]有:通"佑",助。柘(zhè):通"蔗",甘蔗。　[13]鹄(hú):天鹅。酸:此处指用醋烹制。臇(juàn):一种煮肉的

方法，类似于“炖”。凫(fú)：野鸭。　　[14]鸿：大雁。鸧(cāng)：鸧鸹。　　[15]露：一种烹饪方法，其法未能详知。臛(huò)：此处指用肉炖成汤汁。蠵(xī)：一种大龟。　　[16]厉：烈，猛。爽：败坏胃口。

译文

家族宗亲聚集一处，吃的食物式样众多。稻米小米加上新麦，掺杂黄粱味道喷香。味道很重的苦咸酸，再加辣甜五味并用。肥牛筋上的鲜肉，煮得熟烂而芳香。酸与苦调和在一起，摆上吴国风味的汤。煮烂的甲鱼炮制的小羊羔，再助以甘蔗那香甜的汁水。醋烹的天鹅炖制的野鸭，还有煎炸的大雁和鸧鸹。露制的肥鸡炖制的龟汤，味道浓烈而不败坏胃口。

粔籹蜜饵[1]，有怅惶些[2]。瑶浆蜜勺[3]，实羽觞些[4]。挫糟冻饮[5]，酎清凉些[6]。华酌既陈[7]，有琼浆些[8]。归来反故室，敬而无妨些[9]。

注释

[1]粔籹(jù nǚ)：一种用蜜和米面煎成的圆形甜饼。蜜饵(ěr)：掺蜜的用米粉蒸成的糕饼。　　[2]有：通“佑”，助。怅惶(zhāng huáng)：麦芽糖。　　[3]瑶浆：美酒。蜜勺：在酒中加入蜂蜜后饮用。勺：通“酌”，饮酒。　　[4]实：装满，斟满。羽觞(shāng)：古代一种饮酒的器皿，有翼，似雀。　　[5]挫：挤压，榨

压。糟:酒糟。冻饮:在酒中掺入冰块饮用。 [6]酎(zhòu):醇酒。 [7]华酌:华彩的酒斗。陈:摆上,陈列。 [8]琼浆:美酒。 [9]妨:灾害,祸害。

译文

油煎的圆甜饼掺蜜的蒸糕饼,另外助以美味可口的麦芽糖。饮用瑶浆加蜂蜜,把美酒斟满羽觞。滤去酒糟制冰饮,醇酒清凉又舒爽。华彩的酒斗已摆上,再助以美味的琼浆。灵魂快快归返您的故居,您受人敬重而没有灾害。

肴羞未通[1],女乐罗些[2]。陈钟按鼓[3],造新歌些[4]。《涉江》《采菱》[5],发《扬荷》些[6]。美人既醉,朱颜酡些[7]。娭光眇视[8],目曾波些[9]。被文服纤[10],丽而不奇些。长发曼鬋[11],艳陆离些[12]。

注释

[1]肴:肉类,荤菜。羞:珍馐,美味的食物。通:至,达。
[2]女乐:表演歌舞的女子组成的乐队。罗:罗列,排列。
[3]陈:陈列,陈设。按鼓:击鼓。 [4]造:制作,谱出。
[5]《涉江》《采菱》:都是楚地的乐曲名。 [6]发:齐声唱出。《扬荷》:楚地的乐曲名。 [7]酡(tuó):醉酒后脸色红润。

[8]娭光:流动而挑逗的目光。娭:通“嬉”。眇视:微微眯眼斜视。
[9]曾:通“层”。　[10]被(pī):通“披”。文:通“纹”,此处指绣有美丽花纹的绮绣。服:服佩。纤:此处指轻柔细软的绫罗织品。
[11]曼:长。　[12]陆离:修长而美好的样子。

译文

珍馐佳肴尚未送至,女乐已经排列登场。陈设编钟击起鼓,谱出了新的歌曲。《涉江》唱完唱《采菱》,接着还齐声唱出《扬荷》。美人们都已经喝醉酒,容颜因喝醉酒而红润。目光流动挑逗微微眯眼斜视,双眸中泛出了一层层的波光。身披绮绣穿着罗裳,色彩鲜丽而不怪异。头发秀长鬓发细长,容色美好身材修长。

二八齐容[1],起郑舞些。衽若交竿[2],抚案下些[3]。竽瑟狂会[4],搷鸣鼓些[5]。宫庭震惊,发《激楚》些[6]。吴歈蔡讴[7],奏大吕些[8]。

注释

[1]二八:两列,每列八人,共十六人。齐容:相同的装扮。
[2]衽(rèn):衣襟。交竿:交织在一起的竹竿,这里指古时的一种舞法。　[3]抚:用手按着。案:通“按”,用手压下。
[4]竽:古代一种吹奏乐器。瑟:古代一种拨弦乐器。狂会:激烈交会。　[5]搷(tián):猛力急击。　[6]《激楚》:楚地的乐曲名。　[7]歈(yú):歌曲。讴:歌曲。　[8]大吕:古代音乐分

为十二律,其一为“大吕”。

译文

两队十六个舞女装扮相同,跳起郑国的乐舞满座狂欢。衣襟舞动相交如同竹竿交织在一起,时而又要用手按着衣襟而使之下垂。竽声瑟声激烈交会在一起,猛力急击声音洪亮的大鼓。宫廷上下都震动惊异,还齐声唱出《激楚》。吴国歌曲蔡国民谣,用大吕乐调来演奏。

士女杂坐[1],乱而不分些。放陈组缨[2],班其相纷些[3]。郑卫妖玩[4],来杂陈些。《激楚》之结[5],独秀先些[6]。

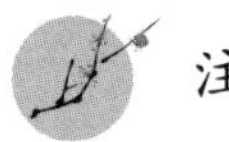

注释

[1]士:男子。 [2]放:解下。组:衣带子,即缓带。缨:结在颔下,系帽的带子。 [3]班:座次。 [4]妖玩:新奇好玩的事物。 [5]结:结尾。 [6]秀:优秀,出众。先:先前演奏的乐曲。

译文

男子女子混杂坐一堂,不分彼此而不加设防。解下衣带帽带随意地摆放,座位次序相互混杂在一起。郑国、卫国新奇好玩的事物，错杂其间轮番上场以供观赏。演奏《激楚》作为结尾，独胜过先前演奏的乐曲。

菎蔽象棋[1]，有六簙些[2]。分曹并进[3]，遒相迫些[4]。成枭而牟[5]，呼五白些[6]。晋制犀比[7]，费白日些[8]。铿钟摇簴[9]，揳梓瑟些[10]。

注释

[1]菎(kūn)蔽：用玉装饰的下棋用的筹码。菎：通“琨”，美玉。蔽：古代下棋所用的筹码。 [2]六簙(bó)：古代一种弈棋博戏名。 [3]曹：伴侣，此处指下棋时各为一方。 [4]遒(qiú)：急，紧急。相迫：相互逼迫，不放松。 [5]枭(xiāo)：枭棋，即古代弈棋博戏时先走到目的地而竖起来的棋。牟：通“侔”，相等。 [6]呼：高声叫唤。五白：指古代弈棋博戏时能得胜利的彩头。 [7]晋制：晋地所制造的。犀比：用犀牛角做成的一种赌具。 [8]费：消磨，耗费。 [9]铿(kēng)：撞击。簴(jù)：悬挂钟的架子。 [10]揳(xiē)：弹奏。梓瑟：用梓木做成的瑟。

译文

玉饰筹码象牙棋子，围拢一起来玩六簙。分成两队同时并进，紧急相逼互相对抗。走成枭棋棋逢对手，个个高声叫唤五白。晋国制造的赌具犀比，更能消磨无聊的时光。撞击着乐钟晃动了钟架，弹奏着用梓木做成的瑟。

娱酒不废[1]，沈日夜些[2]。兰膏明烛，华灯错些[3]。结撰至思[4]，兰芳假些[5]。人有所极[6]，同心赋些[7]。酎饮尽欢，乐先故些[8]。魂兮归来！反故居些。”

注释

[1]废：停止。 [2]沈：通“沉”。 [3]华灯：华美的彩灯。 [4]结撰：构思撰写，此处指酒后构思撰写辞赋。至：尽，穷尽。 [5]兰芳：此处指如兰草般芳华的辞藻。假：借，借助。 [6]极：尽，穷尽。 [7]赋：吟诵。 [8]先故：先辈故旧。

译文

饮酒作乐不会停止，日日夜夜沉溺其中。兰香的油脂制成的灯烛明亮地燃着，华美的彩灯被错落有致地安置在那。酒后构思撰写辞赋费尽思虑，借助兰草般芳华的辞藻写成。各人尽情书写，一同开心吟诵。畅饮美酒尽情欢乐，先辈旧故共享欢愉。灵魂啊归来吧！返回您的旧居。”

文史链接

此节铺叙了富丽堂皇、风景秀美的楚国宫殿，奢华珍奇、美女如云的宫室内堂，以及精巧诱人的美食、悦耳华美的乐舞和新奇有趣的博弈娱乐。屈原以“内崇楚国之美”，来诱惑楚怀王的亡魂尽快归返故国。

此节中所谈及的美食部分，可以看出当时楚国发达的饮食文化。楚国地处江南之地、鱼米之乡，物产丰富。“稻粢穱麦，挐黄粱些”，可见稻、小米、麦子和黄粱是主食；“肥牛之腱”“胹鳖炮羔”“鹄酸臇凫”“煎鸿鸧些”“露鸡臛蠵”，可见肉类非常丰富，有牛、羊、肥鸡等家禽，也有天鹅、野鸭、大雁、鸧鸹等野味，更有甲鱼等水产；“粔籹蜜饵，有些”，可见糕点烹饪的精巧纯熟；“瑶浆蜜勺”“挫糟冻饮”，又可见饮酒文化的发达。除了食材充沛之外，楚国的烹饪技术更是高超多样，有“臑”“炮”“酸”“臇”“煎”“露”。同时注意调和，“大苦咸酸”“辛甘行些”，菜肴五味俱佳。从以上这些情况，“可以看到楚人饮食文化的丰富性、多样性以及精致处，显现出楚在当时文化水准已有一定的程度，不再是粗陋鄙俗的蛮夷小国。而通过楚人饮食文化，除了明白楚人的文化特色外，也反映出楚文化是屈赋滋长的肥沃土壤”（黄碧琏，《屈原与楚文化研究》）。

除了饮食文化，此节所呈现的乐舞文化也是楚文化中不可忽视的亮点。楚国巫风盛行，而巫觋用乐舞来取悦于神灵。这使得楚地的乐舞往往带有浓厚的神秘浪漫之气。同时，由于统治者的重视（如专设司乐之官职“乐尹”），以及当时的演奏乐器已达较大规模，楚国乐舞文化已经达到了相当高的水准。如篇中提到楚国的乐器就有“铿钟摇虡”“揳梓瑟些”“陈钟按鼓”“竽瑟狂会”“搷鸣鼓些”等，而且往往是多种乐器合奏齐鸣，气势磅礴，热烈壮观。而楚舞则配合楚乐，与之融合。“二八齐容，起郑舞些。衽若交竿，抚案下些。”楚舞需要舞者长袖、细腰，主要是为了突出一种袅娜飘逸、轻柔婀娜的神韵。

思考讨论

刘熙载在《艺概·赋概》中认为，《招魂》“约之亦只两境，一可喜，一可怖而已。”请谈谈此节中的“可喜”之处。

乱曰：献岁发春兮[1]，汩吾南征[2]。绿蘋齐叶兮，白芷生[3]。路贯庐江兮，左长薄[4]。倚沼畦瀛兮，遥望博[5]。

注释

[1]献岁：进入新年。献：进。发春：春气奋发。　[2]汩(yù)：水流迅疾的样子。南征：向南方行进。　[3]蘋：水草名。[4]贯：穿过，贯穿。庐江：水名。左：此处指庐江的左岸。长薄：漫长连绵的丛林。薄：草木丛生的地方。　[5]倚：立。沼：池塘，池沼。畦(qí)：水田。瀛(yíng)：大泽。博：广阔，此处指广阔无垠的平野。

译文

尾声说:进入新年春气奋发啊,我迅速地向南方行进。绿蘋新叶齐整啊,白芷的嫩芽萌生。我南行途中穿过了庐江啊,它的左岸有着绵亘的丛林。我站在池沼水田大泽边啊,遥望着那广阔无垠的平野。

青骊结驷兮[1],齐千乘。悬火延起兮[2],玄颜烝[3]。步及骤处兮[4],诱骋先[5]。抑骛若通兮[6],引车右还[7]。与王趋梦兮[8],课后先[9]。君王亲发兮[10],惮青兕[11]。

注释

[1]青骊(lí):青黑色的马。结:连接。驷:驾四匹马的车。[2]悬火:火把。延起:连延而起,蔓延燃烧。古人打猎时,先焚烧树林,把鸟兽赶出,进而加以捕捉。　[3]玄颜:此处指天空被火光和烟照得黑里透红。烝(zhēng):火气升腾。　[4]骤处:马奔驰所到的地方。　[5]诱:引导,此处指指挥打猎的引导者。骋先:在前面奔跑。　[6]抑:抑止,止住。骛(wù):奔驰,狂奔。若通:顺畅自如。　[7]还:转,回转。　[8]王:此处指楚怀王。趋:奔赴。梦:云梦泽,在今湖北省境内。　[9]课:考核,评比,此处指比试。　[10]君王:此处指楚怀王。发:射箭。　[11]兕(sì):犀牛。

译文

青黑色的马连接车啊,让千辆马车并驾齐驱。点燃的火把蔓延燃烧山林啊,火气升腾照得天空黑里透红。从猎者步行到达马奔驰所到的地方啊,指挥打猎的引导者在前面急速地奔跑。我忽停忽跑顺畅自如啊,引导着骑乘向右方回转。和君王您奔赴云梦泽啊,来比一比谁先到谁后到。君王您亲自射箭啊,使青色的犀牛惊惧。

朱明承夜兮[1],时不可以淹[2]。皋兰被径兮[3],斯路渐[4]。湛湛江水兮[5],上有枫[6]。目极千里兮[7],伤春心。魂兮归来!哀江南!

注释

[1]朱明:太阳,此处指白日。　[2]淹:停留,久留。　[3]被:覆盖。　[4]渐(jiān):荒芜,淹没。　[5]湛湛(zhàn zhàn):清澈而幽深的样子。　[6]上:岸上。　[7]极:至。

译文

白日承继着黑夜啊,时光总不可以停留。水边的兰草覆盖道路啊,这条道路已被它们淹没。江水清澈而幽深啊,岸上有一株株枫树。我眺望远方直到千里啊,内心竟为此等春景悲伤。灵魂啊归来吧!哀怜故国江南!

文史链接

此节为乱辞，屈原追叙当年与楚怀王共同畋猎的美好情景。而今楚怀王却身死他国，魂魄离散，故再次呼唤楚怀王的亡魂赶快回归故土。

乱辞对于射猎场景的描写，可谓壮观威武。千匹青黑色的骏马拉着车并驾齐驱，众人手中熊熊燃烧的火把照亮天空。君王和臣子共同狩猎，气氛热烈。值得注意的是，在古代，狩猎并不仅仅是为了娱乐，它更是统治者用来选拔将才、训练将士的一种手段。刘向在《说苑 · 兵道》中记载楚庄王喜好打猎，于是就有臣子劝谏他不应该过分沉溺于狩猎之乐。楚庄王回答他说："我打猎真正的目的是为了寻求贤才啊！"而且古时狩猎讲武，往往场面严整、要求严格，势同与敌作战。张衡在《东京赋》中描写到狩猎场面时，就道："坐作进退，节以军声，三令五申，示戮斩牲"。此节描写往日的狩猎场景，是对与楚怀王昔日君臣情谊的深情回忆，更是希望借此来讽谏此时的君王楚襄王不要沉溺于声色，应该举贤任能、整军经武、励精图治、重振楚国声威。屈原哀痛死者，但更寄希望于生者。

思考讨论

《招魂》卒章"乱曰"中提到畋猎活动，写这些有什么用意？

第六章　九　辩

悲哉，秋之为气也！萧瑟兮[1]，草木摇落而变衰。憭慄兮[2]，若在远行。登山临水兮，送将归。

注释

[1]萧瑟:萧萧瑟瑟,用以形容秋风吹动草木的声音。　　[2]憭慄(liáo lì):凄怆。

译文

悲伤啊,这秋天所形成的苍凉之气!萧萧瑟瑟啊,草木摇落而凋零衰败。凄怆啊,好像离乡漂泊而远行他乡。登山临水啊,送别将要回乡的朋友。

泬寥兮[1],天高而气清。寂寥兮[2],收潦而水清[3]。憯悽增欷兮[4],薄寒之中人[5]。怆怳懭悢兮[6],去故而就新。坎廪兮[7],贫士失职而志不平[8]。廓落兮[9],羁旅而无友生[10]。惆怅兮,而私自怜。

注释

[1]泬寥(xuè liáo):空旷清朗的样子。　　[2]寂寥:平静而澄澈的样子。　　[3]收潦(lǎo):积水退尽。潦:积水。水清:夏季水涨,因而浑浊;秋季水退,故而水清。　　[4]憯(cǎn)悽:悲痛,感伤。憯:通“惨”。欷(xī):抽泣。　　[5]薄寒:轻微的寒气。中(zhòng):侵袭,侵扰。　　[6]怆怳(chuàng huǎng):悲伤惆怅

的样子。怆悢(kuǎng liàng):悲伤失意的样子。　[7]坎廪(lǎn):坎坷,不得志。廪:通"壈"。　[8]贫士:此处为宋玉自指。　[9]廓落:空虚,孤寂。　[10]友生:朋友,知音。

译文

空旷清朗啊,天空高阔而神气清爽。平静而清澈啊,积水退尽水泽澄明。悲伤连连抽泣啊,轻微的寒气袭人。悲伤失意啊,离开故土去新的地方。坎坷啊,我这个贫士丢官内心不平。空虚孤寂啊,滞留异乡而没有朋友。失意伤感啊,只能悲愁地自伤自怜。

燕翩翩其辞归兮[1],蝉寂漠而无声[2]。雁廱廱而南游兮[3],鹍鸡啁哳而悲鸣[4]。独申旦而不寐兮[5],哀蟋蟀之宵征[6]。时亹亹而过中兮[7],蹇淹留而无成[8]。

注释

[1]翩翩:轻快飞舞的样子。辞归:此处指燕子在秋天辞北归南。　[2]寂漠:通"寂寞"。　[3]廱廱(yōng yōng):大雁的和鸣声。　[4]鹍(kūn)鸡:鸟名,形似鹤。啁哳(zhāo zhā):声音细碎而繁杂。　[5]申旦:直到天亮。申:达,到。旦:天亮。[6]宵征:夜间征行。　[7]亹亹(wěi wěi):前进不停的样子。

过中:人过中年。　　[8]淹留:久留。淹:久。

译文

燕子轻快地飞回南国啊,那秋蝉寂寞而悄然无声。大雁嗈嗈叫着向南飞啊,鹍鸡啼唳出繁细的声音。独自到天亮而不成眠啊,我哀怜蟋蟀在夜间征行。时光易逝而人过中年啊,我停滞久留他乡而一事无成。

文史链接

《九辩》原是古代乐曲名,传说是夏启从天帝那里偷来的。《九辩》乃宋玉借古代乐曲名为题,模拟屈原作品而自创新制。从篇中“岁忽忽而遒尽兮,恐余寿之弗将”“年洋洋以日往兮,老嵺廓而无处”“时亹亹而过中兮,蹇淹留而无成”等句可知,《九辩》应作于宋玉晚年。

关于宋玉的生平,史料记载很少。司马迁《史记·屈原贾生列传》:“屈原既死之后,楚有宋玉、唐勒、景差之徒者,皆好辞而以赋见称。”刘向《新序》:“宋玉事楚襄王,而不见察,意气不得,形于颜色。”可见,宋玉是战国时期楚国人,稍后于屈原,而与唐勒、景差同时。宋玉应该出身卑微,曾侍奉楚襄王,但一直不被楚襄王重用。

此节由秋兴悲,抒发孤寂失意之慨。“九辩之哀,此章为最。”(王夫之,《楚辞通释》)“怆怳圹悢兮,去故而就新。坎廪兮,贫士失职而志不平。廓落兮,羁旅而无友生。惆怅兮,而私自怜。”显然，由于奸佞小人的排挤，宋玉此时已被免职，被迫流离失所，过着贫苦凄惨的生活，内心极为抑郁。

思考讨论

宋玉如何由秋兴悲？此节抒发了一种怎样的情怀？

悲忧穷戚兮[1]，独处廓[2]。有美一人兮[3]，心不绎[4]。去乡离家兮，徕远客[5]。超逍遥兮[6]，今焉薄[7]？

注释

[1]穷戚：处境穷困。戚：通"蹙"，迫促。 [2]廓：空虚。 [3]有美一人：宋玉自喻。有：语助词。 [4]绎：通"怿"(yì)，欢喜，喜悦。 [5]徕(lái)：通"来"。 [6]超：远。逍遥：徘徊。 [7]焉：哪里。薄：停止，停靠。

译文

悲伤忧愁又处境穷困啊，我独自处在空虚的境地。我这个人德行美好啊，但我的心情并不欢喜。离开熟悉的家乡啊，来到了这远方为客。在远方游荡无依啊，而今何处可以栖身？

专思君兮[1]，不可化。君不知兮，可奈何！

蓄怨兮，积思。心烦憺兮[2]，忘食事[3]。愿一见兮，道余意。君之心兮，与余异。车既驾兮，朅而归[4]。不得见兮，心伤悲。

注释

[1]君:君王,此处指楚顷襄王。 [2]烦憺(dàn):内心烦乱愁苦。 [3]食事:吃饭和做事。 [4]朅(qiè):去,前去。

译文

我一心思念楚襄王啊,此等心意不可能改变。君王您不了解啊,我又能够怎么办!我积蓄着怨恨啊,而且积聚着愁思。我内心烦乱愁苦啊,竟忘记吃饭和做事。我希望能见君王一面啊当面向您表白我的衷肠。君王您的心思啊,却和我并不相同。我乘着车驾啊,前去却又复返。我不得一见君王啊,内心感到忧伤悲苦。

倚结軨兮[1],长太息[2]。涕潺湲兮[3],下沾轼[4]。忼慨绝兮[5],不得。中瞀乱兮[6],迷惑。私自怜兮,何极[7]?心怦怦兮[8],谅直[9]。

注释

[1]结軨(líng):古代车厢的栏木。 [2]太息:叹息。 [3]潺湲(chán yuán):眼泪流淌不止的样子。 [4]沾:沾湿。轼:古代车前用于扶手的横木。 [5]忼慨:情绪激昂,愤激不平。忼:通“慷”。 [6]瞀(mào)乱:烦乱。 [7]极:尽头,终了。 [8]怦怦:忠谨的样子。 [9]谅:信实,诚实。

译文

靠着车厢的栏木啊，我长久地哀声叹息。我涕泪流淌不止啊，沾湿了扶手的横木。愤激不平想抑制啊，我却又实在做不到。我的内心混乱啊，又充满迷惑难解。私下里自伤自怜啊，什么时候才能终了？我的内心忠谨啊，永远诚实又正直。

文史链接

此节宋玉以男女爱情来比喻君臣关系，叙述自己不被重用、去乡离家、四处漂泊、苦闷忧伤的人生境遇。与屈原的男子“求女”形象不同，此处宋玉自比美人，而将君王比作男子。这一角色设置转换的背后，我们似乎可以看到与屈原独立硬朗的战斗精神相比，宋玉在处理君臣关系方面显得更为谦卑。

其实，把自己比作女子而将君王比作夫君，在中国古代文学中十分常见。它源于植根于文人心中的“臣妾”心态。封建社会的伦理秩序讲究三纲五常。“三纲”即君为臣纲、父为子纲、夫为妻纲，“五常”即仁、义、礼、智、信。在这个严格的等级构架中，臣子与女子所处的地位十分相似。臣子之于君王、女子之于夫君，都带有很大的依附性和被动性。这使得两者在心理体验上有很大的共通性和认同感。因此，古代文人多有“臣妾”心理，以女子的绝世美貌喻臣子的贤德才干，以女子对夫君的坚贞喻臣子对君王的赤胆忠心，以女子被弃后思念夫君的心理喻臣子被君王遗弃后急切渴望被重新重用的心情。

思考讨论

此节中宋玉自比美人与《离骚》中屈原寻求美人有何异同？

皇天平分四时兮[1]，窃独悲此廪秋[2]。白露既下百草兮，奄离披此梧楸[3]。去白日之昭昭兮[4]，袭长夜之悠悠[5]。离芳蔼之方壮兮[6]，余萎约而悲愁[7]。

注释

[1]四时：春、夏、秋、冬四季。每季都是三个月，所以说“平分”。　[2]窃：暗自，独自。廪秋：寒秋。廪：通“凛”，寒冷。　[3]奄：忽然，突然。离披：分散的样子，此处指枝叶凋零。梧楸（qiū）：梧桐和楸树，均为早凋的落叶乔木。　[4]昭昭：光明的样子。　[5]袭：因袭，继续。悠悠：遥远漫长的样子。　[6]蔼：繁茂。　[7]萎约：枯萎，枯槁，此处喻指贫病交加。

译文

上天将一年平分为四季啊，我私下为这寒秋独自悲伤。白露已经降临在百草之上啊，忽然梧桐和楸树已枝叶凋零。夏季那光明的白日已逝去啊，继之寒秋那遥远漫长的黑夜。那繁茂芬芳的壮年已远去啊，我贫病交加而不禁悲伤愁苦。

秋既先戒以白露兮，冬又申之以严霜[1]。收恢台之孟夏兮[2]，然欿傺而沈臧[3]。叶菸邑而无色兮[4]，枝烦挐而交横[5]。颜淫溢而将罢兮[6]，柯彷佛而萎黄[7]。萷櫹椮之可哀兮[8]，形销铄而瘀伤[9]。惟其纷糅而将落兮[10]，恨其失时而无当[11]。

注释

[1]申:加上。 [2]恢台:广大而丰茂的样子。孟夏:初夏。 [3]然:乃。欿(kǎn):通“坎”,陷落。傺(chì):停止,停顿。沈:通“沉”。臧(cáng):通“藏”。 [4]菸(yū)邑:枯萎的样子。 [5]烦挐(rú):纷乱的样子。 [6]颜:外表。淫溢:此处指繁茂过甚的样子。罢(pí):通“疲”,此处指枯败。[7]柯:树枝。彷佛(fù):此处指色泽黯然的样子。 [8]萷(shāo):通“梢”,树梢。櫹椮(xiāo sēn):通“萧森”,萧条,此处指树叶落尽而树枝光秃的样子。 [9]销铄:损毁,消损,此处指树木枯死。瘀伤:病伤。 [10]惟:思。纷糅(róu):纷乱错杂。[11]当(dāng):值,遇。

译文

秋季已先以白露来警戒啊,冬季又加上了寒霜的威逼。收尽了初夏那广大丰茂的景象啊,于是万物没有了生机而深深躲藏。

树叶枯萎而失去绿意啊，树枝也纷乱而纵横交错。外表繁茂过甚而将要枯败啊，树枝色泽黯然而正凋萎枯黄。树叶落尽树梢光秃令人悲怆啊，树木形体枯死而内部受到损伤。我一想到那些草木纷乱错杂而将枯黄凋落啊，就遗憾它们错失美好季节而没遇上繁盛的机会。

擥骓辔而下节兮[1]，聊逍遥以相佯[2]。岁忽忽而遒尽兮[3]，恐余寿之弗将[4]。悼余生之不时兮，逢此世之俇攘[5]。澹容与而独倚兮[6]，蟋蟀鸣此西堂。心怵惕而震荡兮[7]，何所忧之多方？卬明月而太息兮[8]，步列星而极明[9]。

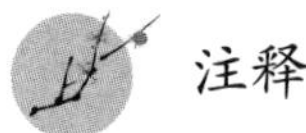

注释

[1]擥(lǎn)：通“揽”，持。骓：古代驾在车前两侧的马，也叫骖，此处泛指驾车的马。辔(pèi)：马缰绳。　[2]逍遥：徘徊。相佯：通“徜徉”，徘徊，漫游。　[3]遒(qiú)尽：迫近尽头，即将完尽。　[4]将：长。　[5]俇(kuāng)攘：纷扰混乱的样子。[6]澹：安定，安静。容与：缓缓前进。　[7]怵(chù)惕：忧惧，警惕。　[8]卬(yǎng)：通“仰”。仰望。　[9]极：至。

译文

我勒紧马缰绳按下策鞭把车子停下来啊，姑且在这儿徘徊逗留而随心游荡消磨时光。岁月匆匆而即将完尽啊，恐怕我的寿命难以久长。悲伤我自己生不逢时啊，遭逢这纷扰混乱的世道。悄悄缓步前进而独倚门旁啊，我只听到蟋蟀在西厢房悲鸣。内心忧惧警惕而震动不安啊，为何所忧伤的东西如此多样？仰望明月而哀声叹息啊，在群星下慢行直至天明。

文史链接

宋玉的《九辩》虽也揭露了楚国当时的黑暗现实，但已经没有屈原作品中那种九死未悔的斗争精神以及那种上下求索的执著精神。尽管如此，宋玉的《九辩》依然“凄怨之情，实为独绝”（鲁迅，《汉文学史纲要》）。

此节宋玉通过对秋色、秋物、秋声的描写，来抒写自己忠贞而被疑、怀才而不遇的悲愤和愁思，使萧条的秋天与哀怨的身世、衰败的社会互相衬托而融为一体，情因景而愈悲，景因情而愈衰，从而产生强烈的感染力。读之，足令循声者知冤，感怀者兴悼。陈继儒曰：“秋气可悲，想古闷如也；自玉一为指破，遂开千古怨端”（沈云翔，《楚辞评林》）。

的确，在中国文学史上，《九辩》是后世“悲秋文学”的滥觞。

思考讨论

请具体谈谈此节中描绘了哪些秋色、秋物、秋声。

窃悲夫蕙华之曾敷兮[1]，纷旖旎乎都房[2]。何曾华之无实兮[3]，从风雨而飞扬？以为君独服此蕙兮[4]，羌无以异于众芳[5]。闵奇思之不通兮[6]，将去君而高翔。心闵怜之惨悽兮，愿一见而有明[7]。重无怨而生离兮[8]，中结轸而增伤[9]。

注释

[1]蕙华:蕙草的花。曾:通“层”。敷:开放,绽放。
[2]纷:众多的样子。旖旎(yǐ nǐ):纷繁茂盛的样子。都:华丽。
[3]曾华:一重重的花朵。实:结成果实。
[4]服:服佩。
[5]羌(qiāng):楚方言,发语词。
[6]闵(mǐn):通“悯”,伤念,伤感。奇思:奇谋,出众的想法。
[7]有明:有所表白。
[8]重:痛惜。无怨:没有取怨于君王,无罪。生离:此处指被君王抛弃。
[9]中:内心,心中。结轸(zhěn):郁结而悲痛。

译文

我暗自悲伤蕙草的花一层层绽放啊,它纷繁茂盛充满了整个华丽的花房。为什么重重花朵却无果实啊,听凭那风吹雨打而到处飞扬？我原以为君王您唯独喜爱佩用此等蕙草啊，哪知您对待此等蕙草无异于对待普通花草。伤感我的奇谋不能通达于君王啊，我将要离开您而远走他方谋出路。我内心伤感痛苦而又凄凉啊，希望能见您一面而有所表白。痛惜我无罪而被君王抛弃啊，心中郁结悲痛而又更增悲伤。

岂不郁陶而思君兮[1]？君之门以九重[2]。猛犬狺狺而迎吠兮[3]，关梁闭而不通[4]。皇天淫溢而秋霖兮[5]，后土何时而得漧[6]！块独守此无泽兮[7]，仰浮云而永叹[8]。

注释

[1]郁陶(yáo)：忧思郁积的样子。 [2]以：有。九重：九层。 [3]狺狺(yín yín)：狗叫声。 [4]关：门闩。梁：桥梁。[5]淫溢：过度，此处指下雨过多。霖(lín)：久雨不停。
[6]后土：对地的尊称。漧：通“干”，干燥。 [7]块：孤独的样子。无：通“芜”，荒芜。泽：沼泽，低洼聚水的地方。 [8]永叹：长叹。

译文

怎能不忧思郁结而思念君王啊？奈何君王的大门有九重之深远。猛犬狺狺地迎门狂叫啊，城门和桥梁紧闭而不通。上天下雨过多而秋天久雨不停啊，大地要什么时候才能够变得干燥！我独自守着这荒芜的沼泽啊，只能仰观着浮云而长久哀叹。

文史链接

此节写事君不和，自己渴望被君王任用，但君王却偏信奸佞；朝廷小人当道，自己的一片忠心无法传达君王。

宋玉此处所指的是楚襄王时期。这个时期，楚国已经深陷内忧外患的困局。国内，奸佞把持朝政、嫉贤妒能，楚襄王昏庸无能、贪图享乐，众多贤才被排挤甚至迫害，人民生活困苦；国外，秦国正虎视眈眈，而楚国已经放弃联齐抗秦的外交战略，一味偏安求和，妄图通过签订屈辱的合约来换取秦国片刻的满足。国事危亡，加上自身遭遇坎坷，让宋玉震动之余更有深深的担忧。他希望自己能被楚襄王重用，能有一番作为，但苦于没有门路，不被赏识。

事实上，宋玉向楚襄王的求职之路十分艰辛难行。历史上，也有一些相关记载。例如刘向在《新序》中就有这样一段记录：有一日，宋玉通过他的朋友终于见到了楚襄王，可是这次“面试”并不成功，楚襄王待他没有什么特别，宋玉没能得到楚襄王的赏识。于是宋玉就责怪他的朋友不够卖力，他的朋友批评宋玉说：“姜桂倚靠土地而生长，但不会因为土地而辛辣；女子倚靠媒人而出嫁，但不会因为媒人就能夫妻亲昵和顺。你没能得到大王的任用，又怎能怪我呢？”由此可见，宋玉渴望被楚王任用，希望自己能在仕途一展抱负，他的用心非常良苦，愿望非常强烈。

思考讨论

请分析此节中的“蕙华”和“猛犬”的寓意。

何时俗之工巧兮[1]，背绳墨而改错[2]？却骐骥而不乘兮[3]，策驽骀而取路[4]。当世岂无骐骥兮，诚莫之能善御。见执辔者非其人兮[5]，故驹跳而远去[6]。凫雁皆唼夫粱藻兮[7]，凤愈飘翔而高举[8]。

注释

[1]工巧：善于投机取巧。　[2]背：违背，背弃。绳墨：工匠用的两种工具，此处喻指规矩法度。绳：引绳。墨：墨斗。错：通“措”，安置，设置，此处指措施。　[3]却：拒绝。骐骥：骏马，此处喻指贤士。　[4]策：鞭策。驽骀(nú tái)：劣马，此处喻指庸人。取路：上路，赶路。　[5]辔(pèi)：马缰绳。
[6]驹(jú)：跳跃。　[7]凫(fú)：野鸭。唼(shà)：水鸟或鱼类争食的样子，此处喻指群小争食俸禄的样子。粱：小米。藻：水草。
[8]高举：高飞，此处喻指贤人远去。

译文

为什么世风都善于投机取巧啊，竟敢违背规矩法度而改变措施？拒绝了骏马而不肯去骑乘啊，偏偏要去驱策着劣马而上路。当今这世上难道没有骏马啊，实在是没有人善于驾驭罢了。看到执着马缰绳的驾御者不是合适的人啊，所以骏马扬蹄跳跃而远逃离开那个驾御者。野鸭大雁都吞食小米水草啊，凤凰却更加飘翔而高飞。

圜凿而方枘兮[1]，吾固知其钼铻而难入[2]。众鸟皆有所登栖兮[3]，凤独遑遑而无所集[4]。愿衔枚而无言兮[5]，尝被君之渥洽[6]。太公九十乃显荣兮[7]，诚未遇其匹合。

注释

[1]圜：通“圆”。凿(zuò)：凿孔，以安榫(sùn)头。枘(ruì)：榫头。　[2]钼铻(jǔ yǔ)：通“龃龉”，互相抵触，不相合。
[3]登栖：鸟止息在树上。　[4]遑遑：匆忙往来的样子。集：栖止，栖宿。　[5]衔枚：古代行军时，为了防止发出声音、暴露行踪，常令士兵嘴中横衔一根类似筷子的东西。此处指闭口不说话。　[6]被(bèi)：蒙受。渥洽：深厚的恩泽。　[7]太公：姜子牙。

译文

圆形的凿孔而方形的榫头啊，我本知它们不相合而难插入。众鸟都已经有了止息的地方啊，凤凰独自匆忙往来而无处栖宿。愿从此闭口而不再说话啊，我曾蒙受君王深厚的恩泽。姜太公九十岁才显耀荣贵啊，此前实在没遇到相合的明君。

谓骐骥兮，安归？谓凤皇兮，安栖？变古易俗兮，世衰。今之相者兮[1]，举肥[2]。骐骥伏匿而不见兮[3]，凤皇高飞而不下[4]。鸟兽犹知怀德兮[5]，何云贤士之不处[6]？

注释

[1]相者：相马的人。　　[2]举肥：挑选、推举肥马。马的优劣不在肥瘦，此处是讽刺当政者只根据表面现象挑选人才。

[3]伏匿：隐藏。　　[4]凤皇：善鸟名，凤凰。皇：通“凰”。

[5]怀德：怀恩报德。　　[6]不处：不留在朝廷之中。

译文

请问骏马啊，要回到哪里？请问凤凰啊，要栖息哪里？变易古时风俗啊，世道已日益衰微。如今的相马人啊，都只会挑选肥马。骏马都隐藏起来而不肯露面啊，凤凰高高飞翔而不肯落止凡尘。鸟兽尚且知道要怀恩报德啊，怎能怪贤才不愿留在朝廷中？

骥不骤进而求服兮[1]，凤亦不贪餧而妄食[2]。君弃远而不察兮[3]，虽愿忠其焉得？欲寂漠而绝端兮[4]，窃不敢忘初之厚德。独悲愁其伤人兮[5]，冯郁郁其何极[6]？

注释

[1]骤进:急进,快跑行进。服:通“犕”(bèi),驾车,驾驭。 [2]餧:通“喂”。 [3]弃远:抛弃疏远。 [4]寂漠:通“寂寞”。绝端:断绝思绪,此处指不思念君王。 [5]伤人:使人受伤。 [6]冯:通“凭”,愤懑。郁郁:忧郁的样子。极:尽头,终了。

译文

骏马并不急进而请求驾车啊,凤凰也不贪求喂养而乱吃喝。君王抛弃疏远了我而不加省察啊,我纵然愿意尽忠又如何能够?本想甘于寂寞而不思念君王啊,但私下不敢忘记您最初的厚恩。独自悲伤愁苦令人身心俱伤啊,心中的愤懑忧郁何时才能终了?

文史链接

此节以“骐骥不乘”“凤凰高举”来比喻自己的人生境遇,慨叹自己虽心怀忠君之心、治国之才,却不被君王任用。

本节中提到了“太公九十乃显荣兮,诚未遇其匹合”。这里的太公是指姜尚,即姜子牙,周代的贤相。传说姜子牙早年因为家道中落而生活贫寒,曾经在朝歌做过屠夫。但市井生活不但没有消磨他的意志,反而激励他更加勤奋地学习、研究兴国安邦之道,他坚信自己的才华和能力终有一天会被君王发现并且重用。机会是需要等待的,更是留给那些有准备的人的。终于,这一天到来了。在暮年之时,他于渭水之滨垂钓,偶遇到此游猎的姬昌(周文王),两人一交谈就觉得相见恨晚。求贤若渴的姬昌十分欣赏姜子牙的学识和见解,当即把他请回宫。后姜子牙被任命为太师,并且辅佐周武王完成了灭商大业,建立周朝。当武王封赏姜太公的时候,姜太公已经九十岁了。

宋玉援引姜子牙的事例,以古人老迈却获赏识,慨叹自己年华蹉跎,而无所成就。

思考讨论

请举例具体分析此节中的对比手法。

霜露惨悽而交下兮,心尚幸其弗济[1]。霰雪雰糅其增加兮[2],乃知遭命之将至[3]。愿徼幸而有待兮[4],泊莽莽与壄草同死[5]。

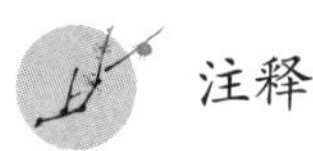

注释

[1]幸:希望。济:成就,成功,此处指形成祸患。　　[2]霰(xiàn):小雪珠。雰(fēn):雨雪纷飞的样子。糅:混杂。

[3]遭命:遭遇凶险的命运。遭:遇,逢。　　[4]徼幸:通“侥幸”。
[5]泊:止息,留止。莽莽:荒野无边无际的样子。壄:“野”的古字。

译文

霜露悲惨凄凉而交相降落啊,我还希望它们不要形成祸患。霰雪混杂纷飞下得越来越大啊,我才知道凶险的命运即将来临。我心存侥幸而有所期待君王的醒悟啊,却置身无边的荒野而与野草同归于尽。

愿自往而径游兮[1],路壅绝而不通[2]。欲循道而平驱兮,又未知其所从。然中路而迷惑兮,自压桉而学诵[3]。性愚陋以褊浅兮[4],信未达乎从容。窃美申包胥之气盛兮[5],恐时世之不固[6]。

注释

[1]径游:直接求官。游:求仕。　　[2]壅(yōng)绝:阻塞断绝。　　[3]桉:通“按”,压抑,克制。学诵:学习《诗经》。
[4]愚陋:愚钝浅陋。褊(biǎn)浅:狭隘浅薄。　　[5]申包胥:春秋时期的楚国大夫。　　[6]固:应作“同”。此处指恐怕时代不同,想效法申包胥到别国求救,却未必能得到别国的帮助。

译文

我想自己前去向君王直接求官啊，无奈道路已阻塞断绝而无法通达。想要沿着常道而平稳前进啊，却又不知道应当走哪个方向。走到半路而内心犹豫迷茫啊，我压抑情志而去学习《诗经》。我本性愚钝浅陋而又狭隘浅薄啊，的确是没办法做到态度从容镇定。暗自赞美申包胥爱国的豪气壮志啊，只恐怕当今世道与那时已经不同。

何时俗之工巧兮，灭规榘而改凿[1]！独耿介而不随兮[2]，愿慕先圣之遗教。处浊世而显荣兮，非余心之所乐。与其无义而有名兮，宁穷处而守高。

注释

[1]凿:应作“错”，通“措”，安置，设置，此处指措施。
[2]耿介:光明正大。

译文

为何世风都那样善于取巧啊，毁弃了规矩法度而改变秩序！我独自光明正大而不随从世俗啊，希望追慕前代圣贤留下来的教诲。身处浊世而有显荣的地位啊，这并非是我内心真正的快乐。与其不义而求得所谓虚名啊，我宁愿处于穷困而自守清高。

食不媮而为饱兮[1]，衣不苟而为温。窃慕诗人之遗风兮[2]，愿讬志乎素餐[3]。蹇充倔而无端兮[4]，泊莽莽而无垠。无衣裘以御冬兮，恐溘死不得见乎阳春[5]。

注释

[1]媮(tōu)：通“偷”，苟且。　　[2]诗人：此处指《诗经·魏风·伐檀》的作者。　　[3]讬：通“托”。素餐：当是“不素餐”的省文，不白吃饭，即尸位素餐。《诗经·魏风·伐檀》：“彼君子兮，不素餐兮。”　　[4]倔：通“屈”，委屈。　　[5]溘(kè)：忽然，突然。

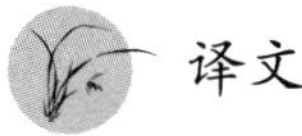

译文

吃饭不苟且而求饱啊，穿衣不苟且而求温暖。我暗自追慕那位诗人留下来的气节风范啊，愿把志趣寄托在诗人所谓“不吃白饭”上。我内心充满委屈而没有尽头啊，如同止息在没有边际的荒野上。我身上没有棉衣皮袄来抵御寒冬啊，害怕突然死去无法看到温暖的春天。

文史链接

此节写宋玉痛苦于欲见君王申诉冤屈而不得见，慨叹自身境遇之穷困，同时又表明自己绝不随俗、自守清高的耿介之心。

本节中提到“窃美申包胥之气盛兮，恐时世之不固”，这里讲到的申包胥，是春秋时期楚国的大夫。他曾与伍子胥交好，后伍子胥因父兄被陷害致死，身陷险境，准备流亡他国，以期有朝一日报仇雪恨。临行前，伍子胥对申包胥说：“我一定要让楚国灭亡。”申包胥对曰：“你能灭楚，我必能让楚国重新兴起。”历史验证了这场著名的对答。后吴国在伍子胥的率领下，攻破楚国郢都，楚昭王出逃，伍子胥为泄私愤，掘开已故楚平王的坟墓“鞭尸”。在这样的情势下，申包胥一面派人指责并规劝伍子胥，一面试图寻找救国的办法和机会。申包胥冷静判断，觉得此时只有秦国有实力并且有可能拯救楚国。于是他便到秦国搬救兵。刚开始秦王不愿意出兵，后来申包胥用在秦城墙外七天七夜不吃不喝的痛哭和哀求感动了秦国君臣，终于请到秦国帮忙出兵救楚。后吴国因为受到秦楚夹击无奈退兵，楚国得以复国。楚昭王复国后论功行赏，要封赏申包胥，被其婉拒，后申包胥隐居山林。

宋玉有感于申包胥对君王和楚国的忠心与热诚，以及他力挽狂澜、拯救楚国的非凡才干，表明自己希望报效君王，使得日益衰亡的楚国重新振兴；同时表明自己不看重自身的功名利禄，甘居清贫。

思考讨论

请找找此节中宋玉提到了自己所遵守的哪些人生信条。

靓杪秋之遥夜兮[1]，心缭悷而有哀[2]。春秋逴逴而日高兮[3]，然惆怅而自悲。四时递来而卒岁兮[4],阴阳不可与俪偕[5]。

注释

[1]靓:通“静”,寂静。杪(miǎo)秋:暮秋。 [2]缭悷(lì):忧思缠绕的样子。 [3]春秋:岁月,此处喻指年岁。逴逴(chuō chuō):越来越远的样子。 [4]卒岁:过完一年。 [5]阴阳:古人称日为阳、夜为阴,春夏为阳、秋冬为阴。俪偕(xié):并存。

译文

寂静的暮秋漫长的黑夜啊,内心缠绕忧思而无限哀伤。年岁悠悠流逝而日益增高啊,我内心如此惆怅而暗自悲凉。四季交替而一年将尽啊,春夏和秋冬不可以并存。

白日晼晚其将入兮[1],明月销铄而减毁。岁忽忽而遒尽兮[2],老冉冉而愈弛。心摇悦而日幸兮[3],然怊怅而无冀[4]。中憯恻之悽怆兮,长太息而增欷。

注释

[1]晼(wǎn)晚:太阳西斜的样子。 [2]遒(qiú)尽:迫近

尽头,即将完尽。　[3]摇悦:喜悦。摇:通“嗂”。　[4]怊(chāo)怅:惆怅,感伤。冀:希望,盼望。

译文

太阳西坠即将落入山岗啊,明月消损而显得黯然无光。岁月匆匆流逝而即将完尽啊,我老迈降临而壮志更加消减。内心喜悦而每日心存侥幸啊,最终却惆怅感伤而失去希望。我心中悲伤惨痛而又凄凉啊,长久地唉声叹气而连连抽泣。

年洋洋以日往兮[1],老嵺廓而无处[2]。事亹亹而觊进兮[3],蹇淹留而踌躇[4]。

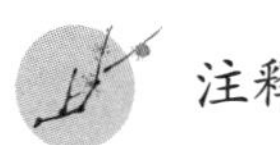

注释

[1]洋洋:广阔无边的样子。　[2]嵺(liáo)廓:空虚而没有着落的样子。嵺:通“寥”。　[3]亹亹(wěi wěi):前进不停的样子。觊(jì):企图,希望。　[4]淹留:久留。淹:久。

译文

岁月无穷尽而日复一日流逝啊,我年老时空虚而没有安身之处。时事前进变化而我仍求进取啊,因此我久留在此地而踌躇徘徊。

文史链接

此节写宋玉慨叹岁月流逝，年将老迈，但事业却无所成就。他把人生境遇融入了对时间变化的描写中。其实时间是生命的存在形式，因此时间意识就是生命意识中的核心问题。生命若离开时间就无从谈起，它只有在时间中方能呈现出其价值。人类正是通过对时间的切身感受，才真正探寻到生命的意义。

宋玉用自然物象的变化来昭示时间的流逝，表达对时光流逝的感慨。自然物象伴随着日月的轮转和季节的更换，经历着从成长、衰老到死亡的历程，呈现出从繁枝茂叶到枯枝败叶、从生机勃勃到死气沉沉的特征。这些物象不仅仅让原本虚无缥缈的时间变成实实在在的东西，使时间的流逝过程形象地展现在人们的面前，而且还寓意着诗人对时间流逝的哀痛、对生命沉浮的悲怆。

同时，宋玉将人生的过程浓缩到了一年之中季节的轮回，“生命之‘秋’代表着人生华年不再、迈向衰亡的阶段，于是秋景勾勒中年的沉重之感。尤其对一个怀才不遇的人来说，中年的生命没有丰收的喜悦，只有理想的失落与衰老的怅然，宋玉把‘秋景——中年——不遇’三者打通”(吴旻旻，《香草美人文学传统》)。

思考讨论

请谈谈宋玉的时间意识。

何氾滥之浮云兮[1]，猋壅蔽此明月[2]！忠昭昭而愿见兮[3]，然雾曀而莫达[4]。愿皓日之显行兮[5]，云蒙蒙而蔽之。窃不自聊而愿忠兮[6]，或黕点而汙之[7]。

注释

[1]氾(fàn)滥：此处指浮云层层涌现、遮蔽天空的样子。氾：通“泛”。　[2]猋(biāo)：此处指浮云飞快飘动的样子。壅蔽：阻塞遮蔽。　[3]见：通“现”，显现。　[4]霒曀(yīn yì)：阴晦不明。　[5]显行：光明运行。　[6]聊：一作“料”，估量。　[7]黕(dǎn)：污垢，污点，此处喻指污言秽语。点：玷污，污辱。汙(wū)：通“污”。

译文

为什么浮云层层涌现遮蔽天空啊，飞快飘动将这轮明月都阻塞遮蔽！我有耿介的忠诚而愿求显现啊，然而天色阴晦不明而无法畅达。我希望红日能够光明照耀啊，那重重的云雾却把它遮蔽了。我不自量力而愿意竭尽忠诚啊，有的人却用污言秽语来污辱我。

尧舜之抗行兮[1]，瞭冥冥而薄天[2]。何险巇之嫉妒兮[3]，被以不慈之伪名[4]？彼日月之照明兮，尚黯黮而有瑕[5]。何况一国之事兮，亦多端而胶加[6]。

注释

[1]抗行(xíng):崇高的品行。抗:通“亢”,高尚。 [2]瞭:明亮。冥冥:高远。 [3]险巇(xī):凶险可怕,阴险毒辣。 [4]被(bèi):加上。伪名:污蔑的罪名。 [5]黯黮(àn dàn):昏暗不明的样子。 [6]胶加:缠绕无绪,杂乱不清。

译文

尧和舜的崇高行为啊,明亮高远而接近上天。为何嫉妒之人如此阴险毒辣啊,用“不慈”的罪名来诬陷他们?那日月的光芒普照着整个大地啊,尚且会因浮云遮蔽不明而有瑕疵。更何况是一个国家的大事啊,实在是头绪繁多而缠绕不清。

被荷裯之晏晏兮[1],然潢洋而不可带[2]。既骄美而伐武兮[3],负左右之耿介[4]。憎愠惀之修美兮[5],好夫人之慷慨[6]。众踥蹀而日进兮[7],美超远而逾迈[8]。农夫辍耕而容与兮[9],恐田野之芜秽[10]。事绵绵而多私兮[11],窃悼后之危败。世雷同而炫曜兮[12],何毁誉之昧昧[13]?

注释

[1]被(pī):通“披”。荷裯(chóu):荷叶制成的短衣。裯:短

衣。晏晏:盛美的样子。　[2]潢(huáng)洋:宽阔的样子,此处指衣服宽松的样子。带:束上带子。　[3]骄美:自我夸耀美貌。伐武:自我夸耀武勇。　[4]左右:左右之忠臣。[5]愠惀(wěn lún):忠诚谦恭的样子。　[6]好(hào):喜好。慷慨:此处指巧言令色的样子。　[7]踥蹀(qiè dié):小步走的样子,此处喻指小人奔走钻营的样子。　[8]美:美好之人。超:远。逾迈:越来越远离。　[9]辍耕:停止耕作。容与:缓缓前进,此处喻指闲散无事的样子。　[10]芜秽:荒芜污秽。[11]绵绵:前后相续不断的样子。　[12]雷同:随声附和。炫曜:通"炫耀"。　[13]昧昧:昏暗不明的样子,此处喻指是非不明。

译文

披上盛美的荷叶制成的短衣啊,但是衣服太宽松而无法束带子。君王既自我夸耀美貌而炫耀勇武啊,又辜负了那些光明正大的左右忠臣。君王憎恶忠诚谦恭的德行美好的贤人啊,却反而喜好巧言令色的德行丑恶的小人。结党营私的群小奔走钻营而日渐高升啊,德行美好的贤人却被君王疏离得更加远。农夫停止耕作而闲散无事啊,只恐怕田野将会荒芜污秽了。事务相续不断而多徇私舞弊啊,我暗自悲痛国家以后因此危败。世人随声附和而相互炫耀啊,为何诽谤和赞美都是非不明?

今修饰而窥镜兮[1],后尚可以窜藏。愿寄言夫流星兮,羌倏忽而难当[2]。卒壅蔽此浮云兮,

下暗漠而无光。

注释

[1]修饰:修饰容貌,此处喻指克服缺点。窥镜:照照镜子,此处喻指找出缺点。　　[2]倏(shū)忽:很快的样子。当(dāng):值,遇。

译文

现在找出缺点并克服缺点啊,以后还可以有地方逃窜躲藏。我想托流星传话给君王啊,但它飞得太快而很难遇上。最终却还是被这浮云所遮蔽啊,使得整个天下暗淡而没有光亮。

文史链接

此节写了奸佞当道,败坏国事,国君不辨忠奸,自己欲进而不得。本节中提到"尧舜之抗行兮,瞭冥冥而薄天。何险巇之嫉妒兮,被以不慈之伪名",是说尧和舜都有着崇高的行为啊,就如同那日月般光辉远大。为何嫉妒之人如此阴险毒辣啊,用"不慈"的罪名来诬陷他们?战国时期有一种不正确的言论,认为尧和舜传位时,都没有把王位传给自己的儿子,而是传给其他贤能之人,所以他们对自己的儿子不慈爱。宋玉在这里,讥讽奸佞对贤才的嫉妒、污蔑和中伤。

思考讨论

请分析此节表现了楚国政局怎样的现状。

尧舜皆有所举任兮，故高枕而自适。谅无怨于天下兮[1]，心焉取此怵惕[2]？乘骐骥之浏浏兮[3]，驭安用夫强策[4]？谅城郭之不足恃兮，虽重介之何益[5]？

注释

[1]谅：诚然，确实。　　[2]怵(chù)惕：害怕，警惕。
[3]浏浏(liú liú)：通"溜溜"，此处指乘骏马驰骋无阻的样子。
[4]强策：强硬的鞭子。　　[5]介：铠甲。

译文

尧和舜都能够举用贤人啊，所以高枕无忧而自得其乐。若是君王确实没有结怨于天下啊，内心哪里会表现出如此害怕惊惧？若乘着骏马能驰骋无阻啊，驾驭它何必用强硬的鞭子？内城外郭实在不足以依靠啊，纵使有再厚的铠甲又有何用？

邅翼翼而无终兮[1]，忳惛惛而愁约[2]。生天地之若过兮，功不成而无效。愿沈滞而不见兮[3],尚欲布名乎天下。然潢洋而不遇兮[4],直怐愗而自苦[5]。

注释

[1]邅(zhān):迟迟不前的样子。翼翼:小心翼翼的样子。[2]忳(tún):忧愁苦闷。惛惛:通“惽惽”,心烦意乱。约:穷困。[3]沈滞:埋没。沈:通“沉”。见:通“现”,显现。 [4]潢(huáng)洋:宽阔的样子,此处指世事渺茫的样子。 [5]怐愗(kòu mào):愚昧的样子。

译文

我小心谨慎地行进而没有好结果啊,忧愁苦闷心烦意乱而生活穷困潦倒。人生天地间如同白驹过隙啊,到头来功业无成而没有效力。我本愿无所表现而被埋没啊,却又总希望能扬名于天下。然而世事渺茫而际遇不佳啊,真是愚昧无知而又自讨苦吃。

莽洋洋而无极兮,忽翱翔之焉薄[1]?国有骥而不知乘兮,焉皇皇而更索[2]?甯戚讴于车下兮[3],桓公闻而知之[4]。无伯乐之善相兮,今谁使乎誉之?罔流涕以聊虑兮[5],惟著意而得之[6]。纷纯纯之愿忠兮[7],妒被离而障之[8]。

注释

[1]忽:飘忽的样子。薄:停止,停靠。 [2]皇皇:通“惶惶”,匆忙的样子。 [3]甯戚:春秋时期卫国人。讴:唱歌。[4]桓公:齐桓公,春秋五霸之一。 [5]罔:通“惘”,惆怅,怅惘。 [6]著意:用心,专心。 [7]纯纯:专一诚挚的样子。[8]被(pī)离:众多纷乱的样子。被:通“披”。障:阻挡,阻障。

译文

辽阔的原野无边无涯啊,我周游四海何处能停靠?国家有骏马而不知骑乘啊,何须急匆匆而到处去追索?甯戚在车下唱歌抒发情感啊,桓公听到了而知道他的才能。如果没有善于相马的伯乐啊,如今谁还能赞誉骏马的本领?我惆怅流泪而又姑且深思啊,只有君王用心而能得到贤才。我有专一诚挚的希望效忠的情怀啊,无奈谗妒之人众多纷乱而阻挡了它。

愿赐不肖之躯而别离兮,放游志乎云中。乘精气之抟抟兮[1],骛诸神之湛湛[2]。骖白霓之习习兮[3],历群灵之丰丰[4]。左朱雀之茇茇兮[5],右苍龙之躣躣[6]。属雷师之阗阗兮[7],通飞廉之衙衙[8]。前轻辌之锵锵兮[9],后辎乘之从从[10]。载云旗之委蛇兮[11],扈屯骑之容容[12]。计专专之不可化兮[13],愿遂推而为臧[14]。赖皇天之厚德兮，还及君之无恙。

注释

[1]抟抟(tuán tuán)：结聚成团的样子。　[2]骛(wù)：追逐，追随。湛湛：聚集的样子。　[3]骖(cān)：驾。习习：飞动的样子。　[4]历：经过。　[5]朱雀：古代祥瑞动物，南方之神。茇茇(bèi bèi)：翩翩飞扬的样子。　[6]苍龙：古代祥瑞动物，北方之神。躣躣(qú qú)：行走的样子。　[7]属(zhǔ)：跟随。雷师：雷神。阗阗(tián tián)：象声词，击鼓、雷鸣等较宏大的声音。　[8]通：开辟，疏通，此处指在前面开路。飞廉：风神。衙衙(yá yá)：行进的样子。　[9]轾辌(zhì liáng)：应作"轻辌"，轻便的卧车。　[10]辎乘(zī shèng)：辎重车。从从(cóng cóng)：象声词，车驾行进时车铃发出的响声。　[11]委蛇(yí)：旌旗迎风飘扬的样子。　[12]扈(hù)：随从，跟随。屯骑：聚集的车骑。容容(yǒng yǒng)：飞扬的样子。　[13]计：心志，心意。　[14]臧(zāng)：善。

译文

希望让我这个不贤之人与您别离啊，我将纵情游心放浪畅游于云天之中。乘着结聚成团的精气啊，追随着聚集的诸位神灵。驾着飘飘飞动的霓虹啊，经过了众多神灵的处所。左边的朱雀翩翩飞扬啊，而右边的苍龙蜿蜒行走。雷神跟随在后面击鼓隆隆啊，风神行色匆匆地在前面开路。前有轻便的卧车铃声锵锵啊，后有辎重车发出隆隆的巨声。载在车上的云旗迎风飘扬啊，跟随在后面的群骑奔驰如飞。我的心志专一而不可更改啊，愿意就这样推广而成为善行。盼望依赖皇天的深厚恩德啊，使我们的君王身体安康无忧。

文史链接

关于此节内容，朱熹《楚辞集注》："首言前圣之可法，次言己志之不伸，次愿乞身以远去，而终不忘吁天以正其君，文意方足。"

本节中提到"赖皇天之厚德兮，还及君之无恙"，这里的"无恙"是指身体健康，没有疾病。其实"恙"本是虫名。上古时期，人们草居露宿，经常受到这种虫子的咬噬和侵害。所以人们见面时，经常用"无恙"来互相询问是否安康。后来"无恙"就慢慢引申为没有疾病。在这里宋玉呼吁上天保佑君王的身体安康，可见之前宋玉虽然抒写了君王诸多壅蔽不足之处，但依然对其保有赤诚忠心。同时，君王在古时是国家的象征，君王安康，也就预示着国祚"无恙"。

思考讨论

请分析此节中宋玉的神游与《离骚》中屈原的神游有何异同。

跋:古典的回归与文化自觉

子曰:温故知新。人类历史的发展,每至偏执一端,往而不返的关头,总有一股新兴的返本运动继起,要求回顾过往的源头,从中汲取新生的创造力量。中国,如今正处在这样一个历史大转型的关头。在这样的关头,如果没有一种共同的、并能包容各种文化的价值观作为基础是很难想象的。而且,只有在一个共同的价值观上我们才能共同面对挑战,也才会有道德力量去应对世界的变化。

中国近十几年来自民间发起,逐渐发酵并至官方响应并积极作为的传统文化复兴运动,正是这样一种探究。在回归古典、寻找本源的启示中重新建构我们的伦理共识与文化认同。倡导多读古典,就是为了懂得聆听来自中华民族文化根源的声音,只有我们更加懂得向历史追问,才能够清醒地直面当世的困惑。在往圣先贤几千年来留给我们的文化资源、精神矿藏中,扩展我们的心量,从中获得历史的智慧与前行的方向。

我们深刻体悟到:要推动这项艰巨工程,在全日制中小学校常态教学中嵌入古典教育是关键。经过多年的研究、论证,邀请全国十几所高校各个研究领域的专门学人参与,最终编选了二十七册“新编国学基本教材”。从《三字经》《千家诗》等孩童启蒙读物开始，到《诗经》《论语》《左传》《孟子》《大学 中庸》《礼记》等的精研，由浅入深、循序渐进，以期一学期有一册在手，或自修、或教师讲授皆宜。当然，学古典是为了复苏我们的历史文化记忆，接续历史文化传统，其关键是在“传”，而不在“统”。因此，这套“新编国学基本教材”涵盖面较广，既有儒家的经典，也有老子、庄子、墨子、荀子、韩非子等诸子思想，还有唐诗、宋词等古代文学璀璨的明珠，史学巨著《史记》《左传》等也列入选读范围。

诚然，传统文化的传承与复兴，不是一味地“复古”，中国文化本来就是故去了的中国人生生创造之精神与物质的资产，在未来的行进中，中国文化也必然不是静态的、不变的，她是动态的、发展的、与时俱进的。我们希望广大使用这套国学教材的教师，能有这样的认知，在引导中小学生继承本民族既有的历史文化传统的同时，涵育他们全球化、现代化的视野与公民意识。中国文化拥有广阔的定义与视界，才能被全面欣赏与体认。

费孝通先生在晚年提出一个重要概念：文化自觉。他说：文化自觉是一个艰巨的过程，只有在充分认识自己的文化，理解并接触到其他多种文化的基础上，才有条件在这个正在形成的多元文化的世界里确立自己的位置，然后经过自主的适应，与其他文化一起，取长补短，共同建立一个有共同认可的基本秩序和一套多种文化都能和平共处、各抒所长、联手发展的共处原则。费老在他八十岁生日时还说过一句话：“各美其美，美人之美，美美与共，天下大同”。我想，这应该是当代有思想的中国人在全球化的时代背景下，继承传统历史文化中应该具有的胸襟与格局。

这套丛书由武汉大学国学院院长郭齐勇教授指导并担任总顾问。武汉大学国学院院长助理孙劲松先生、向珂博士在筹组编者队伍时提供了真诚无私的帮助。此后又蒙秋霞圃书院奠基人、历史学家沈渭滨，语言学家李佐丰，古典文献学者骆玉明、汪涌豪、傅杰、徐洪兴、徐志啸等教授在谋篇布局上的悉心指点，形成了本套“新编国学基本教材”的框架。确定框架之后，我们邀请了武汉大学、复旦大学、华东师范大学、南开大学、中国传媒大学、中山大学、内蒙古师范大学、陕西师范大学、南通大学等高校人文学科中青年学人和江浙沪地区几位优秀的中小学语文教师参与编写。

“新编国学基本教材”书名，由章汝奭先生书写；汝奭先生唯一的弟子白谦慎教授学贯中西，长年旅居海外，其书法亦承文人字传统，欣然续题新编部分教材书名；丛书封面所使用的漫画由丰子恺先生后人特别友情提供；内文中部分汉画像插画由北京大学朱青生教授提供；画家李永源先生近耄耋之年，为这套丛书手绘了数十幅插画，浙江电子音像出版社也为本丛书提供了大量精美的插画；海上国画名家邵琦教授颇有古士人之风，欣然赠画梅兰竹菊四君子，使本书又多了几分审美的趣味……这是一部寄予无量深情的作品，所有的抬爱，都源于师长们对于中华文化的敬意与温情，在此深揖致谢。

本套丛书 2013 年 1 月由浙江古籍出版社首次出版。2015 年由华东师范大学出版社再版。此次经过修订、重编，第三版由上海财经大学出版社出版。一套纯粹由民间力量发起的国学普及读物得以三次出版，在一定程度上说明出版社与读者朋友对这套书的肯定。在此，向浙江古籍出版社、华东师范大学出版社、上海财经大学出版社和读者朋友们表示感谢！

由于主持者与编者的学识有限，尽管悉心编校，但不足之处难免,敬请方家、读者指正。以便来年修订时,相应校正。

差错和建议可致电:021－66366439,13816808263。通信地址:上海市嘉定区南大街嘉定孔庙秋霞圃书院,邮政编码:201899,电子邮件:qiuxiapu@163.com。

李耐儒

戊戌孟夏于嘉定孔庙

不信試看千萬樹東風著
便成春
青藤句意
邵琦

野色入高秋寒影迥
湘水日午晚風涼清為
誰起 梅華道人句

一卷離騷消夜雨幾枝霜
菊共秋寒
南田先生句